Das Buch

«Willst du wirklich zu dieser Jahreszeit in ein Inselhaus?» schreibt Helena ihrer Freundin Hildegard. «Schon ohne Depressionen ist es da zum Schwermütig-Werden im November.» In der Tat ist die herbstliche Mittelmeerinsel, auf die sich die junge Frau mit ihrem jüngsten Kind zurückzieht, kein romantischer Zufluchtsort, wo man Sorgen und Nöte ganz von allein vergessen könnte. Doch für Hildegard ist diese selbstgewählte Einsamkeit die letzte Chance. In einer Art Vergangenheitsbewältigung sucht sie einen Weg aus ihrer Krise heraus, denkt über sich nach, ihren Mann, ihre Kinder, ihr Leben. «Und sie sieht, was sie falsch gemacht hat, wie sie sich in ein Dasein ohne Höhen und Tiefen abdrängen lassen hat: durch andere, aber auch durch sich selbst. Die Insel im trüben November wird zum Wendepunkt.» (Emsdettener Volkszeitung)

Die Autorin

Eveline Hasler stammt aus der Schweiz. Sie studierte Psychologie und Geschichte, war einige Zeit als Lehrerin tätig und begann dann zu schreiben, zunächst Jugendbücher, für die sie inzwischen mit vielen Preisen ausgezeichnet wurde. Weitere Werke: ‹Anna Göldin. Letzte Hexe› (1982), Roman; ‹Freiräume› (1982), Gedichte; ‹Ibicaba. Das Paradies in den Köpfen› (1985), Roman; ‹Der Riese im Baum› (1988), Roman; ‹Die Wachsflügelfrau› (1991), Roman.

Eveline Hasler:
Novemberinsel
Erzählung

Deutscher
Taschenbuch
Verlag

Von Eveline Hasler
sind im Deutschen Taschenbuch Verlag erschienen:
Anna Göldin. Letzte Hexe (10457)
Ibicaba. Das Paradies in den Köpfen (10891)
Der Riese im Baum (11555)
Der Buchstabenvogel (dtv junior 7516 und 7563)
Der Buchstabenclown (dtv junior 7530 und 7572)
Der Buchstabenräuber (dtv junior 7532 und 7584)

Ungekürzte Ausgabe
November 1986
2. Auflage Oktober 1992

(Erstveröffentlichung: Zürich 1979)
Umschlaggestaltung: Celestino Piatti
Gesamtherstellung: C. H. Beck'sche Buchdruckerei, Nördlingen
Printed in Germany · ISBN 3-423-10667-0

Die letzten Zugvögel
tragen Schnee
unter der Schwinge

Rose Ausländer

So many times
I was the one who grounded myself
and clipped my wings

Donovan

Blubbernde Blasen aus dem Wurlitzer der BAR AMERICANO, wenn sie vormittags durch die schluchtartige Dorfstraße ging, erschöpft vom steilen Aufstieg aus der Bucht, das blonde Stirnhaar verschwitzt; sie zog das Kind, das immer ein bißchen quengelte, hinter sich her.

Eine Frau allein, und das anfangs November, murmelte Aldo sinnierend hinter der verstaubten Scheibe der Bar, und seine Freunde, die Lider schon träge auf Winterschlaf gesenkt, drängten herbei, sie zu sehen. Sie hatten jetzt Zeit, hatten alles erzählt und wiedergekäut, die Abenteuer aus den Fangnetzen des Sommers zerlegt, entgrätet, aufgezehrt; die Erinnerung ohne Nährwert, eine schillernde Seifenblase voll Luft.

Auch die Frauen, die über den Sommerkleidern nun dunkle Wolljacken trugen, schauten ihr mit unverhohlener Neugierde nach, versuchten sich, in den Läden und auf dem Postamt, über den hellen Krauskopf des Kindes bis zu ihrer Geschichte vorzutasten.

Sie nahm es so gelassen wie möglich hin.

Una donna sola – eine alleinstehende Frau – hatte auch der Mann mit Matrosenmütze gemurmelt, der am Hafen von Piombino beim Schiffsteg des Flügelbootes FRECCIA stand. Er hatte ihr die Fahrkarte abgenommen und dann den Arm angeboten die steilen Stufen hinunter, und später, im Schiffsraum, war sein Blick von ihr weg wohlwollend über das Haar des Kindes geglitten; es ging, durch das für die Reise notwendige Windelpaket, etwas unförmig neben ihr her.

Der ältere Deutsche, der hinter ihr über den Steg gekommen war und sich auf der Polsterbank neben sie setzte, sagte halb lächelnd, halb stirnrunzelnd, auf die Bemerkung des Matrosen anspielend: «Ja, junge Frau, passen Sie auf. Gut, daß Sie das Kind dabei haben.»

Sie konnte, ausgeruht wie sie war, seinem Blick standhalten und überlegen lächeln.

Obwohl die Bahnfahrt mit dem Kind weniger anstrengend gewesen war als befürchtet, hatte sie, dem Rat des Psychiaters folgend, in Piombino übernachtet.

Das Flügelboot war kaum zur Hälfte besetzt. Es drehte langsam aus dem Hafen, plusterte sich auf und glitt in rasantem Tempo, mit rhythmischen Schüttelbewegungen über das Wasser. Sie hatte den Eindruck, im Flugzeug zu sitzen. Der Junge saß auf ihrem Schoß und beobachtete die Wasserspritzer an den Bullaugen, er krähte vor Vergnügen.

Auch später, mit dem Inselbus, ging alles bestens. Der Bus hatte die Inselebene in grüne Hälften geschnitten, weite, weiche Hügel glitten auf sie zu, auf den Kuppen schimmerten durch Pinienstämme die rötlichen Mauern kastellartiger Höfe. Einmal, in einem Hügeleinschnitt, blitzte das Meer auf, versank hinter Schnörkeln von Feigenkakteen.

Dann nahm der Bus ratternd die Steigung. Kurz vor dem Hügeldorf, in der letzten Kurve bei der Kapelle MADONNINA stieg sie aus. Eine Frau reichte ihr erst Rucksack und Reisetasche, dann das Kind. Der Chauffeur hupte zum Abschied.

Nun stand sie allein auf dem Weg, der dem

Hügellauf folgend, in Wellenbewegungen sanft gegen die Bucht abstieg. Sie suchte aus der Reisetasche den verknüllten Plan hervor, den ihr Helena mit der letzten Post geschickt hatte, schätzte die Entfernung ab. Eine gute Viertelstunde, vielleicht etwas länger mit Kind und Gepäck.

In die Tragriemen fahrend, stemmte sie den Rucksack auf den Rücken. Den orangefarbenen Trampersack hatte sie anstelle eines Koffers mitgenommen, damit das Kind huckepack reiten konnte. Dann angelte sie, leicht in die Kniebeuge gehend, nach der Reisetasche. Das Kind, das nun einen Sonnenhut trug, greinte vor sich hin, ließ sich widerwillig vorwärtsziehen.

Nach ein paar Minuten bremste ein kleiner Fiat.

Der Fahrer kurbelte das Fenster herunter, das er der staubigen Straße wegen geschlossen gehabt hatte, fragte: «Wohin?» Sie erklärte in eckigem Italienisch, reichte ihm den von Hand gezeichneten Plan.

«Aha, das Häuschen der Signora Elena.» Sein Kopf schob sich jetzt deutlicher heraus: ein rundes Gesicht mit fleischigen Wangen, fettem Kinn; unter der kräftigen Nase bewegte sich der Schnauzbart, deutete ein Lächeln des unsichtbaren Mundes an. Sie setzte sich neben ihn, nahm das Kind auf den Schoß. Die Straße war eng, voller Schlaglöcher. Sie fuhren im Schrittempo.

«Stradaccia», schimpfte der Mann, schob einen Zigarettenstummel durch die Fensterritze. Sie merkte, wie er sie einen Moment lang musterte, fühlte greifbar sein Erstaunen: Diese seltsame Ausländerin mit Rucksack und Kind, jetzt, im November, da die letzten Fremden mit ihren Mercedes, Segelbooten, Katamaranen und Windsurfern verschwunden sind.

«Hier wohnt der Filmregisseur X», sagte er und deutete auf ein verschachteltes Dach unterhalb der Straße. Sie tat erstaunt, um ihm einen Gefallen zu tun; von Helena wußte sie bereits, daß X ihr Nachbar war auf Elba, «nur hat der X eine Villa mit sieben Badezimmern und wir einen Kaninchenstall, sieh dich vor.»

Er zeigte, sich duckend, nun links den Hang hinauf, wo ziemlich weit oben, hinter einer Reihe von Goldpinien, helles Gemäuer erschien. «Dort oben also», sagte sie, «den Rest kann ich gut mit dem Kind zu Fuß machen.» «Nein, nein», wehrte er ab, «ich muß ohnehin hinauf, ich baue mir ein Haus in der Nähe.» Er lachte, sein dichter dunkler Schnauzbart wippte noch, als er die Kurve drehte, um dann, im rechten Winkel zur Hauptstraße, die Böschung zu nehmen. Der Weg war steinig, mit tief eingefahrenen Radspuren.

Aus der Schilfrinne neben dem Weg wucherten Brombeerranken, eine kratzte über die Fensterscheibe.

In der letzten Kurve vor dem Haus spulten die Vorderräder, Schotter spritzte auf, er drückte das Gas durch, sprengte wie mit einem wildgewordenen Gaul, der die Sporen bekommen hat, den Steilhang hinauf. Der Kleine lachte, patschte sich mit der Hand auf das mollige Knie.

Auf dem Platz vor der Casetta sproßte Unkraut. «Man sieht, daß es einige Male geregnet hat», meinte der Schnauzbärtige. Er stieg aus, ging flink herum, um ihr beim Aussteigen behilflich zu sein. Sie blickte erst aufs Meer, dann zum weißlichen Himmel hinauf. «Ja, ja», meinte er, «leicht bedeckt, aber es kann noch schöne Tage geben im November. Und im Dezember...» Er hielt inne, blickte sie fragend an, «aber so lange werden Sie nicht bleiben?» «Doch, doch», nickte sie, «sicher bis Weihnachten, vielleicht noch länger.» Erstaunen lief über sein Gesicht, schob Brauen und Stirnhaut hoch. «An Weihnachten», fuhr er dann fort, «kommen Deutsche und Schweizer, die hier ihre Bungalows haben, da kann man, ich lüge nicht, auf der Terrasse essen. Der Steinnagel da unten», er machte mit der Schulter eine Bewegung zur Bucht hin, «badet sogar, aber der ist, unter uns gesagt...» Er tippte mit dem Zeigfinger an die Schläfe, blinzelte ihr zu.

Sie lachte kurz.

«Sie sprechen gut italienisch», sagte er nach einer Pause.

«Mein Vater ist in Italien aufgewachsen. Aber die Mutter sprach deutsch.»

Sein Blick machte sie plötzlich verlegen.

«Ich muß gehen», sagte sie entschuldigend, deutete auf den Jungen, der über den Vorplatz zur Terrasse lief.

«Wir sehen uns wieder», sagte er, «ich baue da oben ein Haus, von Freitag bis Sonntagabend baue ich, sonst arbeite ich auf dem Kontinent.» Er stieg ein, öffnete nochmals die Tür: «Übrigens, mein Name ist Rocco, Rocco Coralli!»

«Ah schön», sagte sie, «danke.»

Ich hätte mich vorstellen sollen, dachte sie, als sie auf das Haus zuging, aber es blieb jetzt keine Zeit, solchen Fragen nachzuhängen. Das Häuschen, halb verdeckt von den Zweigen eines verkrüppelten Mandelbaums, sah freundlicher aus und größer, als sie es sich dem Foto nach vorgestellt hatte. Das Kind stand gebückt auf der Terrasse, beobachtete eine Ameisenstraße, die sich quer über die roten Tonfliesen zog. Sie hob die Fußmatte vor der Tür, darunter befand sich, wie abgemacht, der Schlüssel.

Als sie aufgeschlossen hatte, drängte sich das Kind an ihrer Seite vorbei, betrat als erstes den kühlen, noch abgedunkelten Küchenraum. Hildegard stieß die Fensterläden auf, das Fenster füllte sich grün mit dem nachbarlichen Weinberg, milderte die Dumpfheit des überhohen Zimmers. In der Ecke, über dem geschnitzten, alten Geschirrschrank, entdeckte sie den Feuchtigkeitsfleck, von dem Helena am Telefon gesprochen hatte. «Das Dach ist defekt, man hat mir im Oktober versprochen, es zu flicken. Vielleicht ist es schon in Ordnung, wenn du runterkommst. Sonst sag es Lucca.»

Als sie sich umwandte, hatte das Kind schon nach einer Keramikschüssel gegriffen, die auf dem langen Holztisch stand; sie riß sie ihm aus der Hand, stellte sie außer Griffnähe. Das nächste Zimmer war sehr schmal, neben der Türe stand ein Kajütenbett aus rotem Metallgestänge, im rechten Winkel dazu eine

Couch, ein Stuhl, eine Kommode, für mehr war nicht Raum. Obwohl das hintere Zimmer, das sich an ein winziges Badezimmer anschloß, geräumiger war, legte sie ihr Gepäck auf die Couch. Sie wollte das hintere Zimmer, das Helenas Schlafraum war, unangetastet lassen, der Kleine war unberechenbar, konnte die Betten mit den hübschen Abruzzendecken beschmutzen, die weißen Möbel zerkratzen. Zudem war das Kind gewohnt, in ihrer Atemnähe zu schlafen, eine Unsitte sicher, aber sie hatte bei diesem Kind, wie ihre älteste Tochter einmal sagte, «von Anfang an beide Augen zugedrückt».

Sie wußte: Erst war das Kind nicht ohne sie lebensfähig gewesen, und jetzt war sie es nicht ohne das Kind. Helena, mit der sie in den vergangenen Jahren wenig Kontakt gehabt hatte, konnte das nicht verstehen. «Mit dem Kind kannst du dich nicht erholen», schrieb sie, «und überhaupt, willst du wirklich zu dieser Jahreszeit in ein Inselhaus? Schon ohne Depressionen ist es da zum Schwermütig-Werden im November. Das Haus liegt abseits vom Dorf, liegt, zu dieser Jahreszeit wenigstens, vollständig einsam, die Bungalows am Meer stehen leer. Der Wind, das Meer, das Abgekapseltsein bei Regen im engen Haus. Dazu die Feuchtigkeit, solange das Dach nicht geflickt ist. Ich werde keine Ruhe haben, solange du dort unten bist.»

«Beruhige dich», schrieb sie zurück, «mein Psychiater ist einverstanden. Ich habe meine Medikamente dabei, und mehr noch: das Kind. Wenn ich nicht in dein Haus gehe, so ist es ein anderes Haus, irgendwo, weit fort.»

*

Andere Häuser.

Gestern, auf der Fahrt durch die Poebene.

Hinter den Pappelreihen konnte man die Höfe für lagernde Ochsen halten.

Dieses zwielichtige Grau.

Diese bullige Form.

Das Rattern des Zuges hatte den Kleinen

endlich eingeschläfert. Mit dem schlafenden Jungen an der Schulter konnte sie, ohne unhöflich zu sein, die Gespräche mit den zwei jungen Mädchen gegenüber abbrechen.

Zurücklehnen.

Vor dem Fenster Maulbeerhecken aus filigraner Dämmerung. Versteckte Schlingen, in denen die Phantasmagorien wie Vögel hängen bleiben.

Meer, Palmen, Sehnsuchtsoasen.

Spiegelungen über heißem Asphalt.

Als man die Bauernhöfe baute, hatte man daran gedacht, daß sie dem Wind und dieser nicht auf Menschenmaß abgestimmten Weite standhalten müssen. Ein solcher Hof war Vaters Elternhaus bei Fiorenzuola gewesen. Mit dem herabgezogenen Dachstuhl glich das Haus einem Pilz. Von unten herauf konnte man an die Dachsparren sehen wie an Lamellen.

Als sie es zum erstenmal sah, an Vaters Beerdigungstag, versanken die Hühner im hüfthohen Gras.

Vater hatte ihr vor Jahren ein Foto gezeigt:

Ein Kind hält den Finger durch das Drahtgitter eines Kaninchenstalls. Der Stall stand vor einer weißen Hausmauer. Auf der Rückseite des Fotos in ungelenker Schrift: Il mio più caro coniglio. Übersetze, hatte sie gebettelt. Ihre Fingerspitze tupfte über das Kaninchenfell, über Vaters helles Jungenhaar.

Auf dem Bild war er acht Jahre alt wie sie.

«Coniglio heißt Kaninchen...»

«Ach, das kann das Kind doch nicht behalten», rief die Mutter aus der Küche. Mutter, die aus Winterthur stammte, konnte kein Wort Italienisch, wollte nie eines lernen.

«In Italien ist es heiß», flüsterte das Kind dem Vater ins Ohr.

Er rieb sich das Ohr, das feucht war von ihrem Hauch und kitzelte. Dann nickte er ihr zu.

«Siehst du die Hitze?»

Er zeigte auf die blendend weiße Mauer. Jetzt konnte sie es deutlich sehen: Die Hitze beschoß das Haus mit Pfeilen. Es verengte die Fensterschlitze, wie Schießscharten sahen sie aus. Die Wände verschlossen die Poren. Wie aus Glas war jetzt das Haus. Ohne Angriffsflächen. Unter den Dachsparren, die in der Hitze ächzten, brach das Haus in Angstschweiß aus.

«Aber inwendig waren die Steinböden auch im Hochsommer ganz kühl», sagte der Vater.

«Ich möchte auch einmal dorthin», flüsterte sie mit einem absichernden Blick nach der Küchentür, die einen Spaltbreit offenstand.

«Fahren wir einmal nach Italien, du und ich?»

«Hm, ich reise nicht gern», sagte Vater leise und zündete eine Zigarette an.

«Warum nicht?»

«Reisen ist gefährlich.» Sein linkes Auge zwinkerte ihr über einer Wolke aus Zigarettenrauch zu.

Vaters Blinzelsätze. Die mochte sie nicht. Mit denen wußte man nie, was man in der Hand hielt: Brot oder Stein? Zubeißen? Wegschmeißen?

«Bist du später nie mehr in dem Haus gewesen?»

Der Vater schüttelte den Kopf. «Mit neunzehn ging ich fort. Es waren damals schlechte Zeiten, weißt du. Ein junger Maurer fand keine Arbeit.»

Von Helena hatte sie später erfahren, daß Vater mit einem Handwagen über den Gotthard gezogen war. Auf dem Handwagen hatte er einen zweiten Anzug gehabt, Arbeitskleider, Werkzeuge wie Wasserwaage, Pflasterkelle, Senkblei. Das Geld, behauptete Helena, hätte damals für eine Fahrkarte nicht ausgereicht.

Darüber und über die erste harte Zeit in der Schweiz hatte Vater nie gesprochen. Geschichten, die der Mutter auf die Nerven gehen konnten, sparte er aus.

Später, nach all den Jahren in der Ostschweiz, als er sich heraufgearbeitet hatte vom Maurer zum Vorarbeiter, vom Vorarbeiter zum Polier und schließlich, nach dem Besuch der Abendkurse, zum Baumeister, hätte er seine Habe nicht mehr leicht über den Gotthard gebracht. Diese Umstände zum Beispiel mit der

Polstergarnitur aus Wildleder. Der Mahagoni-Wohnwand...

*

Noch an diesem Nachmittag war sie ins Dorf hinaufgegangen, die notwendigen Einkäufe zu machen. Den Rucksack schulternd, hatte sie den Kleinen an der Hand gezogen, obwohl er ab und zu stillstand, strampelte und «reiten! reiten!» schrie; sie zog ihn unter kräftigen jungen Pinien hinauf zum Weg.

Hinter Kiesbergen sah sie auf Roccos Rohbau hinunter, durch die offenen Tür- und Fensterlöcher sah man das Meer blitzen, eine schöne Lage.

Rocco schleppte Zementsäcke. Als er sie bemerkte, riß er die mit Lehm verschmierte Schirmmütze vom Kopf, grüßte hinauf, strich sich mit dem Handrücken über den Schnauzbart, der wie ein Rabenflügel zu schwingen begann.

Als sie schon fast außer Sichtweite war, schrie er ihr nach, sie solle oben bei der Villa des Arztes auf die Hunde achten, es seien ihrer drei, letzthin hätte ihn der größte am Ärmel geschnappt.

Der Weg versickerte in der Macchia, verlief sich steil und rattenschwanzdünn zwischen Rosmarin- und Ginsterbüschen; sie blieb öfter stehen, um Atem zu schöpfen.

Bei der Villa des Arztes, die man hinter Drahtgitter und Zypressen nur andeutungsweise sah, trug sie den Kleinen zur Vorsicht huckepack. Die Hunde blieben unsichtbar, legten nur durch Knurren, das fern wie Donnergrollen tönte, Zeugnis ab von ihrer Existenz.

Beim Schulhaus hatte sie den steilsten Teil hinter sich. Es war ein klotziger, phantasieloser Bau, von irgendeinem Zentralbüro in Rom auf dem Reißbrett entworfen.

Ein paar Kinder, mit schwarzen Schürzen und schmetterlingshaften, wippenden farbigen Maschen um den Hals, spielten im Hof.

Erst jetzt fand sie Atem, dem Kleinen das Lied vorzusingen, um das er gebettelt hatte.

Oben auf dem Dorfplatz ging sie in den großen Selbstbedienungsladen. Über einem verblaßten Schriftzug PROLETARIA stand in orangefarbener Leuchtschrift COOP. Sie staunte über die Auswahl an Milchprodukten, jetzt nach der Saison. Das Kind rannte herum, griff nach diesem und jenem in den unteren Gestellen, sie wehrte ab, studierte das Angebot der Waren. Bald waren die beiden Drahtkörbe gefüllt, sie dachte mit Unbehagen an den Weg zurück durch die Macchia, stellte zwei Flaschen Mineralwasser ins Gestell zurück.

Helena hatte ihr Grüße und ein Schokoladenpaket für einen Bekannten namens Lucca aufgetragen; vor vielen Jahren hatte sie bei ihm und seiner Frau gewohnt. Jetzt, da die Frau gestorben war – vor fünf Monaten erst –, würde sich der alte Mann über den Besuch freuen. Wie Helena ihr geraten hatte, erkundigte sie sich in der BAR AMERICANO nach seiner Adresse. Aldo, der gerade einen Drink mixte, lächelte ihr über die Theke hin mit einem diskreten Valentino-Lächeln zu. «Mein

Vater ist zu Hause, gleich neben der Bar die Treppe links.» Er fragte sie nichts, obwohl er es gern getan hätte; auch die drei, vier anderen Männer, die träge an der Theke lehnten, musterten sie schweigend.

Über Luccas Treppe, die halsbrecherisch schmal und ausgetreten war, fand sich weder Türklopfer noch Klingel. Auf ihr Klopfen rief jemand im Innern «Avanti». Sie betrat den Wohnraum, Lucca kam aus der türlosen Küche auf sie zu. Helena hatte sein Alter nicht genannt, vermutlich war es um die siebzig, eine noch straffe, hohe Gestalt mit edler Kopfform.

«Bitte», sagte er mit einer fast pompösen Höflichkeit, «was verschafft mir die Ehre?» Sie stellte sich vor, übergab Grüße, das kleine Paket.

Er blieb eine Weile wortlos stehen, das Päckchen in Händen wiegend, man hörte Seidenpapier in seinen zittrigen Fingern rascheln. Seine Augen, erstaunlich hell für die Gegend, blickten über sie hinweg zur Wand.

«Oh, bitte», sagte er plötzlich, und seine

wässerigen, leicht hervorquellenden Augen richteten sich auf sie, «nehmen Sie Platz.» Er zerrte die Stühle unter einem riesigen ovalen Tisch hervor, der, einer Gluckhenne gleichend, die Mitte des Zimmers einnahm; außer einem ebenfalls überdimensionalen Schrank und einer Nähmaschine befand sich nichts in dem Raum. Trotz dieser Kargheit oder gerade deshalb hatte der hohe, gekalkte Raum etwas Palazzoartiges; an der Decke, deren Bemalung zwischen den rohen Dachsparren am Abblättern war, erkannte man Sternbilder und springende Delphine.

Er strich dem Kind mit stummem Lachen über den Lockenkopf, verschwand dann in der Küche, um Gläser und eine Flasche Marsala zu holen, der auf der Insel übliche Willkommtrunk. Während er den Wein in wolkige Gläser goß und einen danebengegangenen Tropfen mit dem Finger vom Plastiktischtuch tupfte, erinnerte er sich an Helenas letzten Brief. «Ja, eine Freundin mit Kind, hat sie geschrieben, für längere Zeit, aus Gesundheitsgründen» –

er blickte sie prüfend von der Seite an, fragte nichts, als sie nur «ja, ja» nickte.

Das Kind, das sich im Bann des ungewohnten Raumes stillgehalten hatte, begann jetzt auf ihrem Schoß mit den Beinen auszuschlagen, verlangte nach dem Eis, das die Mutter versprochen hatte, wenn es ruhig sei.

«Still», sagte sie, «später.»

Lucca betrachtete es lange schweigend, legte dann seine Hand auf den hellen Kopf. Der Junge gab das Beinschlenkern auf, beeindruckt von der großen, schwieligen Hand, die ihn streichelte.

«Opa?» sagte das Kind und blickte die Mutter fragend an. Sie nickte zerstreut, dachte, an ihrem Weinglas nippend: Das Kind braucht Menschen um sich, es ist gewohnt, in einer großen Familie zu leben, ein Inselgroßvater ist etwas wert.

«Schade», meinte Lucca, «es sind keine Kekse da für den Kleinen, morgen kann ich welche besorgen. Seit Yolanda...» Er verstummte, holte dann, indem er gleichzeitig die linke

Braue hob, zu einer sparsamen Handbewegung aus. Sie merkte bald, er war ein Meister in solchen Handbewegungen, die alles, was Worte aussparten, vage andeuteten, einkreisten.

*

«Reisen ist gefährlich. Viele kommen nicht mehr zurück, und wer zurückkommt, ist ein anderer als vorher, auch das ist gefährlich», hatte ihr Vater gesagt.

Lucca hatte sie an ihren Vater erinnert. (Du mit deinem Vaterkomplex, würde Curt sagen. Wie oft wärmst du seine Geschichte auf.)

Vaters letzte Reise: Szene für Szene hatte sie sich das ausgemalt.

36 Jahre hatte er die Rückkehr in sein Geburtsland hinausgezögert, verhindert durch Aufrichtebäume, Baugruben, Indoor-Schwimmbäder. Breitspurig stand er neben Raupentrax und Kran, schwang die Geißel über Schweißleibchen und Pflasterkellen; Italien grüßte er nur noch über den Rücken sei-

ner Poliere. Bis eines Tages seine Frau, die Deutschschweizerin, nach Viareggio in die Ferien fährt. Sie bittet ihn, übers Wochenende herunterzukommen, gibt am Telefon eine Liste durch, was er mitbringen soll. Das schwarze Kleid, die Perlenkette, Zigaretten, man hat Freunde getroffen, geht abends aus.

Enzo Mirandi hat das Richtfest für den Neubau von Stoller & Co. hinter sich; er fühlt sich müde und unausgeschlafen. In der Poebene schiebt sich die Blechschlange nur träge vorwärts. (Man hat in den Zeitungen vor diesem Wochenende gewarnt.) Durch Pappelgekräusel schaut er auf Ackerzeilen, die in der Mittagshitze aufspringen wie Fieberlippen. Die Gegend ist ihm plötzlich wohlbekannt. Er blickt ihr ins Gesicht mit einer Mischung von Entsetzen und Verwunderung, wie einer, der einen verschollen Geglaubten nach einem Vierteljahrhundert auf sich zukommen sieht.

Hinter der Pappelgruppe die Mischkulturen und der Hof der Fiuccis. Hinter den Reisgräben muß sein Elternhaus sein.

Er entschließt sich, die nächste Ausfahrt zu nehmen. Über den Umweg durchs Städtchen kommt er zum Weiler, findet das Haus hinter den Sonnenblumenfeldern in der Senke. Enzo verharrt eine Weile in der Schattenrinne unter dem Dach.

Zwischen den Zeilen der Tomatenpflanzungen entdeckt er Mafaldas gewölbten Rücken. Er achtet auf die Bewegungen ihrer Arme, die ihm als Kind eine Zuflucht waren: gepolsterte, kräftige Arme, gut zum Trösten, gut zum Brotabschneiden. Jetzt taucht sie zwischen den Stöcken auf. Im Näherkommen reibt sie ihre Hände am Kleid, um den Fremden zu begrüßen, mit ihren gut siebzig Jahren ist sie immer noch eine rüstige Person. Sie fährt mit dem Handrücken über die Stirn, wie man einen Tagtraum verscheucht:

«Enzo, ist das möglich!»

Man umarmt sich, hat nun handfeste Beweise, wie alt der andere geworden ist.

«Kommst du zur Hochzeit der Irina?» Sie

will nicht glauben, daß er nichts von dieser Hochzeit weiß.

«In der Trattoria des Pietro wird gegessen. Aber komm ins Haus. Die Sonne spießt uns auf.»

Wie damals, als er ein Junge war, bleibt die Hitze vor der Hausschwelle, höre, wie sie knurrt, ein fremder Hund, dem das Haus verwehrt ist.

Er spürt wieder mit den Fußballen des Achtjährigen, wie die Kühle aus dem Steinboden herauf über die Knöchel steigt. Mit den pflaumenblauen Rhomben dieses Küchenbodens waren lange noch seine Träume gemustert.

Er will in der Küche warten, während Mafalda das Festtagskleid anzieht. Dann fahren sie zur Trattoria.

Nur für eine Stunde, hat Enzo gesagt, aber eine solche Sprache versteht man hierzulande nicht. Was geht da für eine Freudenwoge hoch, wenn einer ein halbes Leben lang fort war. Er wird fast entzweigerissen vom Händeschütteln, Schulterklopfen, Abküssen, und oben am

Tisch, neben Don Orlando, dem Pfarrer, lächelt ihm Irina zu aus ihren Tüllschleiern.

Pietro tischt auf: Cotolette alla fiorentina mit Knoblauchspänen und Rosmarinnadeln, auf dem Holzkohlengrill zubereitet. Enzo ißt wie einer, der nach einer langen Wanderung heimgekehrt ist zu Mutters Fleischtöpfen. Sechsunddreißig Jahre, wie konntest du nur. Er schmeckt den bitteren Saft einer zwischen den Zähnen steckengebliebenen Rosmarinnadel.

«Nein, du gehst noch nicht», sagt die Braut. Er läßt sich von der kleinen Sirene über den Platz vor der Trattoria ziehen, setzt Kapriolen und Bocksprünge zwischen die Schatten der Oleanderkübel.

«Bravo, der Enzo ist der gleiche geblieben», sagen die Leute, «das Blut aus der Gegend läßt sich nicht verdünnen wie billiger Wein.»

Die Schatten wachsen aus den Pinien heraus. Enzo weiß nichts mehr von Viareggio.

Als man aufbricht, um Mitternacht, entdeckt man seinen Wagen unter der Pinie. Die

Ziffer, die Enzo im Norden jährlich einnimmt, wandert von Mund zu Mund. Er läßt das Armaturenbrett aus Teakholz bestaunen, die Liegesitze, öffnet bereitwillig den Kofferraum. Das Zeug hier – was soll das? Er verteilt die Zigaretten. «Und das für Irina.» Er drückt dem Nächststehenden das Kleid und die Perlenschnur in die Hand.

Am andern Morgen weiß er wieder, daß es ein Viareggio gibt. Er will sofort fahren. Die Espenblätter links und rechts der Allee in nervöser Bewegung. Die Straße in der Sonne ein frischgewetztes Messer. Das Feuer der Sonnenblumenfelder schlägt über dem Wagen zusammen.

«Prego», sagte die Witwe (mit ihrem aspirierten p) «welcher Baum war es?»

«Die siebzehnte oder achtzehnte Espe nach der Einfahrt, Madame», sagte Don Orlando, der den Wagen steuerte. Er hielt an, sie stiegen aus, und die Witwe lehnte einen Kranz an den Stamm des achtzehnten Baumes.

«Haben wir uns nicht verzählt?» fragte die Witwe ängstlich, und Don Orlando beschwichtigte sie, denn die Gegenden des Todes sind ohnehin vage.

*

Es wird nicht regnen, hatte Lucca gestern abend auf der Piazza gesagt, als sie zusammen in den bewölkten Himmel hinaufgeschaut hatten; sie standen an der Rampe, wo an hohen Masten Flaggen im Wind knatterten – europäische Länder, einschließlich Sichel und Hammer und ein zerzaustes Sternenbanner –, ein Hauch von Welt vor dem Gewirr ruinenhafter Häuser.

Aber in der Nacht mußte Regen gefallen sein.

Sie war lange fröstelnd wach gelegen, und als sie in der feuchten Luft erwachte, hatte sie den Eindruck, in einer Gruft zu liegen. Das Gefühl, ein Gewicht drücke ihr die Brust zusammen, ließ sie reglos verharren; so lag sie lange, ohne Wunsch, außer dem einen, diesen

Tag nicht anfangen zu müssen mit seiner sich abspulenden Mechanik leerer Betriebsamkeiten.

Das Kind, das aus dem unteren Kajütenbett gekrabbelt war, patschte ihr mit der Hand ins Gesicht, versuchte, die Wolldecke wegzureißen, drängte: «Schnell, schnell! Ina, Fritzi, Ulla hause gehen!»

Sie schaute ihm eine Weile wie unbeteiligt zu, roch den Uringeruch der Windeln, ließ es strampeln, schreien, mit rot angelaufenem Gesicht und Schaum in den Mundwinkeln. Dann wurde ihr bewußt, daß es Hunger haben mußte, gestern abend hatte es kaum mehr einen Bissen angerührt vor Müdigkeit.

Sie schlug die Decke zurück, setzte die Füße auf den Steinboden. Sofort kletterte Kälte die Beine hoch. Sie dachte an den elektrischen Ofen, von dem Helena gesprochen hatte; die Schlüssel zum Abstellraum hatte sie gestern in einer der Nischen des Geschirrschranks gesehen. Als sie die Läden aufstieß, war draußen alles feucht: Tropfen auf den Blättern des Mandelbaums, Pfützen in den Erdvertiefungen um die Bougainvillea-Pflanzen, die sich kümmerlich um das Eisengestänge des Autounterstandes rankten. In der Küche roch es dumpf. Der Fleck an der Decke, gestern noch handgroß, war deutlich gewachsen. Sie schloß daraus, daß das Dach immer noch defekt war; eine Tatsache, die sie viel eher deshalb erschreckte, weil Helenas Haus Schaden litt, als daß sie für ihren Aufenthalt in Sorge geriet. Helena hatte ihr ans Herz gelegt, täglich gut zu lüften: «Meerhäuser werden schwarz vor Schimmel, wenn keine Luft dazukommt.» Als sie den Kleinen anzog und fütterte, überlegte sie, mit welchem System sie dies tun wollte: täglich dreimal Durchzug, und wenn sie außer Haus gingen, mußten die Fenster hinter den geschlossenen Läden offen bleiben.

Ohne gefrühstückt zu haben (ich muß Kaffee kaufen, es würde mir gut tun, in dieser klammen Küche Kaffee zu trinken), zog sie den Kleinen an, um ins Freie zu gehen. Durch Bewegung konnte sie sich Wärme verschaffen.

Sie gingen die steinige Straße hinunter, auf der sie tags zuvor mit Roccos Wagen gefahren waren. Durch ein Wäldchen, in dem es betäubend nach Lorbeer und Harz roch, gelangten sie zum Meer.

Auf den Klippen sitzend, blickte sie in eine kleine Bucht hinunter; der Strand, vom Wellenschlag beleckt, war leer, der Sand unter bedecktem Himmel kalt und leblos.

Ein zottiger Hund kam aus der Bretterbude im Hintergrund, beschnüffelte eine angespülte Kiste. Zwei zerlumpte Kinder sprangen herbei, zerrten ihn am Halsband weg.

«Hund!» drängte das Kind.

Dem Jungen zulieb stieg sie den steilen, in den Fels geschlagenen Treppenweg hinab, hielt das Kind auf dem Arm, bis der Hund zu kläffen aufhörte, dann stellte sie es ab. Es setzte sich sofort in den Sand, begann mit den Händen zu grabschen. Sie ging ein paar Schritte bis zu einem Felsbrocken, es ekelte ihr vor dem Sand, in den die Füße widerstandslos einsanken, der kalt und bröckelig, die Knöchel entlang, in die Schuhe eindrang. Das Kind immer im Augenwinkel, blickte sie aufs Meer hinaus. Das stumpfe Grau war von eisblauen Strömungen durchzogen, fahles Licht fiel im Wechselspiel darüber, die Küste von Lacona blieb verdunkelt. Sie hatte die Insel vor Jahren mit Curt in Julitagen kennengelernt; sie erinnerte sich an buntes Badeleben, an Glast über dem Wasser, Hitzegesirr in der Macchia.

Das Kind, jetzt von den Zigeunerkindern umringt, sah aus wie ein schmutziger, kleiner Cherub, mit Haaren, die sich in der Inselfeuchtigkeit zusammenzogen, in hellbraunen Kringeln über Stirn und Ohren. Biondo – Blonder – hatten die Leute im Dorf gesagt, als sie ihm zärtlich über den Kopf fuhren, aber er war nicht blond, die Leute sahen hier alles heller. Sie sahen auch diese Tage heller, diese fahrigen Novembertage, mit blauen Wolkenfenstern, die sich rasch wechselnd aufrissen, anderswo schlossen, fahles gebündeltes Licht legten auf Meerfläche und Küstenstriche.

Der Hund, graubraun, mit iglig nassem Fell,

kam jetzt auf sie zu; in sein plattnasiges Gesicht schauend, wurde sie von seinem Hechelatem gestreift; Ekel und jähe Traurigkeit sprangen sie an. Angewidert schob sie ihn weg, ging hastig, ohne auf das Kind zu achten, zu den Felsblöcken hinüber. Lange verharrte sie reglos, im Spalt ihrer halbgeöffneten Augen verschwammen Himmel und Meer zu einem eisgrauen Strich.

*

Seit Wochen die immer wiederkehrende Vorstellung: eine riesige Spule, die, mechanisch sich drehend, Faden aufwickelte; ein Faden, der, wie bei einer Spinne, gebildet war aus ihren geheimen Lebenssäften. Das Gefühl, immer schlapper, kraftloser zu werden. Diese pausenlose Reduktion, verursacht durch den mörderischen Mechanismus der Spule.

Das Haus auf der Insel ist meine einzige Überlebenschance, hatte sie zu Helena gesagt, eine Möglichkeit, mich zu bewähren. (Den nächsten Gedanken kann ich nicht aussprechen: Geht es nicht, schneide ich den Faden ab.) Das Wort *Bewähren* war ihr Lieblingswort; auch der Psychiater, im Gespräch mit ihrem Mann, hatte es benützt: «Entweder Internierung oder diese Art von *Bewährung*, geben wir ihr die Chance.»

«Erschöpfungszustand» – hatte er noch gesagt, und Curt hatte fragend den Kopf gehoben:

«Soll ich mitfahren?»

Aber der Arzt hatte energisch abgewinkt.

«Sie besteht darauf, den Jüngsten mitzunehmen», hatte er nach einer Pause hinzugefügt, und Curt ärgerlich: «Das habe ich mir gedacht, dieses Kind ist noch nicht abgenabelt.»

Flackern in seinen Augen. Wut auf diese Krankheit, die ihr allein gehört. Bis jetzt, dachte er, haben wir alles gemeinsam gehabt: Kinder, Haus, Alltagsaufundab.

Ohnmächtige Wut auch, weil dieser Krankheit nicht beizukommen war mit Methoden, mit denen er am Konferenztisch der Firma

Probleme löste: vernünftige Gespräche, Alternativ-Vorschläge, Planung.

«Du mußt nur wollen», hatte er im Winter vor einem Jahr gesagt. «Reiß dich heraus. Wenn alles nichts fruchtet, so hilft Tapetenwechsel.»

Er konnte sich Mitte Februar für Skiferien freimachen. Nach seiner Devise («Organisation ist das halbe Leben») löste er auch die häuslichen Probleme. Durch den Quartierverein fand er eine Hauspflegerin. Eine energische, rotblonde Person, die am Vorabend ihrer Abreise Schubladen und Schranktüren auffliegen ließ: «So habe ich sofort die Übersicht.» Als Hildegard wegen des Jüngsten Bedenken äußerte, meinte die Pflegerin: «Wenn die Mütter erst mal aus dem Haus sind, klappt es von selbst.»

Zögernd, das Geschrei des Kindes im Ohr, ging sie am Morgen den Siedlungsweg hinunter.

Curt drängte: «Mach schon. Das Taxi wartet.»

Aus dem Hotelzimmer Blick in den heiteren Engadinerhimmel. Eine unsichtbare Lichtquelle hinter dünner Himmelshaut. Waldhügel, schwarz-weiß bebändert, aufgeplustert wie Perlhuhngefieder.

Vor dem Hotel, einem unförmigen, von der Gruppe der Dorfhäuser abgerückten Würfel, ein Gehege mit Polarhunden.

Die tänzelnden Bewegungen der Hunde hinter dem Drahtgitter. Ein schwarzer Strich über dem Nasengrat stellt die Verbindung zwischen den beweglichen Lackaugen und der Lackschnauze her. Das Übrige: Tarnfarbe. Kaum zu unterscheiden vom schmutzigen Schnee.

«In 10 Minuten geht der Sportbus», sagt Curt.

«Trag die Stöcke. Ich nehme die Skier.

Noch fünf Minuten.

Noch drei.»

Wie immer läßt sie sich antreiben von seinen Rufen. Sie trägt nie eine Uhr. Die stumpfsinnige Emsigkeit der Zeiger setzt ihr zu.

Das Rosegtal vormittags um elf im Schatten. Warum sind die erstarrten Wasserfälle an den

Steilwänden bläulich? Sie hat zu Hause eine Sammlung von blauem Glas.

Die Kufen der Langlaufloipe sind gefroren. Lärchennadeln dämpfen das schabende Geräusch der Skier.

«Halte dich rechts!

Tiefer in die Knie!

Gleiten lassen!

Mehr Abstand, es geht abwärts!»

Die Abfahrten über Buckel und Bodenwellen jagen ihr Angst ein, der Abstand zwischen ihm und ihr wächst.

Nach einer Weile schaut er zurück.

«Rechtsgutmehrsofalschlängerbesserdurchnieschnellso...» Ballungen von Wörtern als Dunstfahne vor seinem Mund. Curt, eine Figur aus dem Comic-Strip.

Die Sonne beleckt den Rand des wannenförmigen Tals.

«Setzen wir uns drüben an die Sonne?»

«Hm, ja, könnten wir.»

Die einhundert täglichen, ihr abgerungenen Mini-Entscheide erschöpfen sie.

«Deine Entschlußlosigkeit. Du tappst dauernd im Vagen.» Eine Milchglasscheibe zwischen ihrem Drinnen und Draußen. Woher diese Eintrübung?

Ich lasse mich antreiben. Er ist mein Dynamo. Ich zwinge ihn in diese Rolle, zwinge ihn zu Sätzen, für die ich ihn, Augenblicke lang wenigstens, hasse.

«Schön?»

«Ja, ja... herrlich.»

«Magst du Schokolade?»

Sie liegt, vom Staniolpapier entblößt, auf seinem Handteller.

«Hm, nein, lieber nicht...»

Sie denkt an das pelzige Gefühl auf der Zunge.

Er bricht sich ein Stück heraus. Hält ihr die Schokolade nochmals hin.

«Willst du?»

Hat er sie vorhin nicht verstanden? (Du sprichst immer leiser, wie einer, der seinen Satz schon im Sprechen bedauert.)

«Ja, also, gut. Aber nur wenig.»

Sie sieht ihre Finger zu widerlichen Zangen werden.

Café am Roseggletscher. Curt sagt: «Die Loipe geht noch weiter, macht eine Schleife vorne am Gletscher. Eine Stunde, schätze ich. Für dich zu anstrengend, nicht?»

Der Fingerdruck auf ihrem Oberarm läßt nach. Seine Hand fährt in den Fäustling aus Leder.

Curt von hinten: sein gewölbter Rücken, ein Schild gegen Lichtpfeile. Der stahlblaue Skianzug mit den elastischen Seitenteilen sitzt tadellos. Wie immer hat er beim Einkauf lange verglichen, mit Bedacht gewählt. Darüber der Nacken, kämpferisch vorgeneigt. Sein Nacken ist stämmig. Daß er auch rot ist, schreibt man mal der Hitze, mal der Kälte zu.

Die Skier fahren aus, treiben ihre Spitzen ins Weiße.

Arme und Beine schwingen nach Vorschrift.

Curt im Gegenlicht, immer kleiner werdend.

An der Hauswand, die langsam warm wird von der Februarsonne, läßt sie sich zurückfallen in die Abpolsterungen ihrer Ängste.

Das Verlangen, den Jüngsten zu sehen, nimmt im Lauf des Urlaubs zu, zumal die Pflegerin am Telefon gesteht, er liege erkältet, mit leichtem Fieber, im Bett.

«Er wird uns doch nicht die Ferien verpatzen», grollte Curt. Dieses Kind, im Gegensatz zu den drei andern, nicht mit Hilfe von Biorhythmen und nach der Berechnung des Eisprungs geplant. «Unser Surplus» hatte Curt es manchmal scherzend genannt.

In anderen Zusammenhängen pflegte er zu sagen: «Mit Ungeplantem hat man Scherereien.»

Der Aufenthalt im Engadin hatte an ihrem Zustand wenig zu ändern vermocht. Der Sommer brachte Aufhellungen, aber der Herbst färbte dunkler ein.

Tage, wo sie mit dem Druck auf der Brust erwachte. Durch die dünne Wand am Kopfende des Bettes hörte sie einen Wecker abgehen. Inas Wecker. Curts Wecker, fünf Minuten später, gab alle zwanzig Sekunden summende Weckimpulse. Im Gang schrie das Kind. Fröstelnd kleidete sie sich vor dem Fenster an. Das Tagesweiß im Fensterrechteck sah wolkig aus, so, als hätten es schon viele befingert.

Wenn alle aus dem Haus waren, ging sie fast schlafwandlerisch umher, räumte Geschirr in die Spülmaschine ein, machte die Betten, saugte den Gangteppich. Sie verrichtete alles mit gezielten, aber langsamen Bewegungen. Ihre Hände waren weit von ihr weg. Es war ihr manchmal, als sitze sie gegenüber auf dem Hügel und schaue mit einem Fernrohr durchs Wohnzimmerfenster ihren Händen zu, wie sie über den Betten, über dem Spültrog flatterten. Auch über die Füße besaß sie keine Macht. Zwischen den Zimmern wuchsen die Schwellen zu Hindernissen. Ihre Beine fühlten sich bleiern an, als schleppe sie sich über gigantische Treppenstufen.

An solchen Tagen warfen die größeren Kinder, die hungrig von der Schule gekommen waren, vom Eßtisch aus scheue Blicke nach der Mutter. Die wollte wieder einmal nichts essen, saß zusammengekrümmt im Lehnstuhl. Nur der Jüngste schien nichts von dieser Beklemmung zu spüren, er kletterte von seinem Sitz, ging hinüber und zerrte sie am Rock, quengelte, stampfte, verlangte mit Zornröte auf der Stirn nach einem Glas Sirup. Die seltsame Abwesenheit der Mutter machte ihn aufmüpfig; sie blickte ihn dann, wie von weither zurückkehrend, müde an, stand schließlich auf, um ihm den Gefallen zu tun, langte ein Glas aus dem Schrank, griff nach der Sirupflasche.

Mann und Kinder beobachteten schweigend, wie der Jüngste für sie eine Art Motor war, der sie antrieb, das Alltägliche zu tun.

*

Unten am Meer, als sie die Versuchung angekommen war, bei den Felsen den letzten aller Fäden durchzuschneiden, war plötzlich das Kind neben ihr gewesen, hatte sie mit seinen vom Sand panierten Wangen angelacht.

Später, im Dorf, riß sich der Junge von ihrer

Hand weg, rannte auf eine Gruppe von Kindern zu, denen er seinen Teddybär zeigte. Er stutzte, als die Kinder mit unverständlichen Worten auf ihn einsprachen, dann begann er, Schreie und Jauchzer ausstoßend, herumzutoben. Die Mutter, die ihn vom Stand des Gemüsehändlers aus beobachtete, ließ ihn gewähren. Ich habe das Kind aus dem Kreis seiner drei Geschwister weggerissen, sperre es ein in ein Inselhaus, das drei Schritte breit, acht Schritte lang ist, binde es auf Gedeih und Verderben an mein Schicksal, bin aber auch, auf Gedeih und Verderben, mit ihm verbunden.

Über den Dorfplatz wehte ein angriffiger Wind, Zeitungspapier, das Einpackmaterial für Tomaten und Salat, raschelte am Boden vor dem Stand. Sie holte das Kind von den spielenden Dorfkindern weg und ging mit ihm an der BAR AMERICANO vorbei zu Luccas Haus.

Lucca hatte ihr gestern geraten, die Lebensmittelsäcke dazulassen, der Rucksack mit dem Notwendigsten sei für sie schwer genug. Als sie eintrat, war er am Küchentisch mit Gemüserüsten beschäftigt, sofort wischte er die Hände ab und drängte sie in den Wohnraum zurück. «Nein, bitte nicht», sagte sie, «mir ist wohl in der Küche, die Wärme des Kochherds tut mir gut.»

Auf dem fleckigen Plastiktuch des Küchentischs bot er ihr Kaffee an. Die winzige Espressotasse erinnerte sie an die Puppentassen ihrer Kindheit.

Der Kaffee war so stark, daß er auf der Zunge brannte. Sie trank langsam, Schluck für Schluck. Es kam ihr vor, als rinne ein Magmastrom durch sie hindurch bis zu den Finger- und Zehenspitzen. Im Rücken fühlte sie die dumpfe Wärme des erhitzten Backherds, Lucca hatte die Klappe geöffnet, als einzige Möglichkeit, die Temperatur des Küchen- und Wohnraums leicht zu überschlagen.

Sie erzählte vom defekten Dach und ihrer Sorge, Helenas Haus richtig zu lüften. Als sie außer Haus gegangen sei, habe sie die Fenster hinter den Läden offen gelassen, aber der Wind schlage sie zu.

Lucca sagte nichts, quälte sich damit ab, eine Zwiebel zu schneiden. Er kam schlecht damit zurecht, mußte immer wieder anhalten, um sich die tränenden Augen auszuwischen. Sie hätte es gerne für ihn gemacht, traute sich aber nicht, aus Angst, ihn zu beleidigen. Die Zwiebelstückchen gab er in ein Becken zu Tomatenscheiben, dann goß er sich nochmals Kaffee ein und verharrte schweigend. Sein Schweigen, von seiner Anwesenheit knisternd erfüllt, breitete sich im Raum aus. Das Pupillenspiel seiner Augen verriet, daß er nachdachte, auch gingen Schatten- und Lichtfelder über seine Stirn.

Sie atmete in das raschelnde Blattwerk dieses Schweigens hinein; zum ersten Mal seit Wochen fühlte sie einen Druck von sich weichen.

Aus der Ecke der Küche kamen die Knabbergeräusche des Kindes, vom Aufstieg und der frischen Inselluft erschöpft, hatte es sich mit Luccas Keksen auf den Boden gesetzt.

Nach einer Weile sagte er: «Ich habe mir Gedanken gemacht über das Lüften in Helenas Haus. Ich will Haken kaufen – solche –», er hielt ihr den gekrümmten Zeigefinger hin – «und mache sie an Flaschenkorken fest. Wenn man die Korken zwischen die Fenster steckt und den Haken an den Beschlägen einhängt, gehen die Fenster auch bei Wind nicht mehr zu. Was nun die Decke betrifft, so müssen Sie bei Margherita vorbeigehen, sie betreut Helenas Haus. Margherita soll mit dem Maurer sprechen. Wenn es nicht klappt, kann ich selber Angelo benachrichtigen, es ist ein junger Verwandter von mir.»

Sie merkte bald: Er überlegte alles, was an ihn herankam, vor- und rückwärts. Deshalb sein Schweigen; er brauchte es, um seine Gedanken aufgehen zu lassen. Es war eine Stille um ihn, die das Gegenteil von Tod und Leere bedeutete: eine Treibhausstille, mit wabernder Wärme und dem Wirken geheimer Kräfte ausgefüllt.

Bevor sie mit dem Kind ging, mußte sie von seinem Fisch an Tomatensauce essen. Es war ein Barsch; Federico, sein ältester Sohn, hatte ihn in der Innamorata-Bucht gefangen. Federico, früher Arbeiter im staatlichen Elektrizitätswerk, war seit seinem 48. Lebensjahr pensioniert, das übliche Pensionsalter, behauptet Lucca, und Federico kann sich, noch im Vollbesitz seiner Kräfte, der Freiheit seiner Tage erfreuen.

Am späten Nachmittag, bei Margherita, hatte sie erfahren, daß nur der eine Sohn, Federico, sich um den betagten Vater kümmert, die andern überlassen ihn, seit Yolanda tot ist, seinem Schicksal.

Yolanda, ja, eine imposante Matrone, 106 Kilo schwer, eine Lawine von Fett und Güte. Söhnen und Schwiegertöchtern habe sie keine Bitte abschlagen können: für sie habe sie stets die besten Bissen aufgehoben, die Wäsche gebügelt, genäht, geflickt. Auch für die Bräute im Dorf habe sie Bettwäsche und Vorhänge genäht, alles kostenlos, nur auf den einen geheimen Lohn erpicht, unentbehrlich zu sein. Einmal, als darauf die Rede gekommen sei, habe sie mit verschmitztem Lachen zu Margherita gesagt: «Sie sind verloren, die Ärmsten, wenn ich einmal tot bin.»

Über ihre Näharbeit gebeugt, habe sie sich genüßlich ausgemalt, was für eine verheerende Wirkung ihr Tod einmal haben würde: das Wehklagen der Schwiegertöchter vor den Flickbergen, die Sehnsucht der Söhne nach Mutters Kochtöpfen (der beste Sugo in der Provinz Livorno, drei Stunden lang mit einem Fischkopf und einem Bündel Basilikum gekocht), die Trauer der Bräute, die dann ihre Bettwäsche in der PROLETARIA drüben kaufen müssen ohne die neckischen Rüschen der Yolanda.

Ganz abgesehen vom armen Lucca, der ohne sie ganz verloren sein würde, der Ärmste kann ja kein Ei kochen... Beim Arbeiten habe Yolanda zeitweilen die Beschwerden, die besonders im Sommer ihrem schweren Körper zusetzten, vergessen können. Einmal habe sie eines ihrer unförmigen Beine hinter der Nähmaschine hervorgestreckt, um Margherita die Wasserpolster und blauen Stellen zu zeigen;

eine Haut, weiß und wabbelig wie ein gepelltes Ei, und unter dem Druck der Fingerbeere hätten sich blaue Buchten gebildet... Die Beerdigung wäre für Yolanda, hätte sie von oben zuschauen können, wohl ein Schock gewesen, dieser mickerige Zug, der sich die Gassen hinunterschlängelte... Der Aldo in Eile, wieder in seine Bar zu kommen, und die Enkelin, die Theresa, habe weder einen schwarzen Rock noch dunkle Strümpfe getragen, das Luder...

*

Mit Margherita und dem Kind war sie einmal den Weg hinuntergegangen zum Friedhof, an Artischockenfeldern und bröckligen Mauern voll Gelsomina-Sträuchern vorbei.

Die Toten ruhen in vorfabrizierten Betonnischen. Nur dort, wo das Gelände unerwartet jäh zum Meer abfällt, ein paar Erdgräber mit Mini-Kapellen; wie zu Lebzeiten bleiben Grundstücke mit Meerblick den Reichen vorbehalten.

Yolandas Überreste in der preisgünstigsten,

obersten Reihe der Betonwand. Vier Männer, hatte Lucca stolz erklärt, waren nötig gewesen, sie zu ihrer Wabe emporzustemmen. Das Totenfoto wirkt aus der Froschperspektive der Überlebenden verschwommen. Alle Fotos sind auf einheitliche Art gerahmt; die Allerseelenlampen, die auf Knopfdruck rötlich erglühen, sind eine Serienproduktion aus der Glasfabrik bei Cecina.

Lucca hatte ihr Yolandas Totenbild später gezeigt: Eine schwarzgekleidete Frau, ausgestreckt auf der ihr zugehörigen Seite des Matrimonialbetts, als hätte sie der Tod während der Siesta überrascht. Schwarzer Rock, schwarzes Kopftuch; eine Weinbäuerin, die zur Sonntagsmesse geht. Die Gesichtszüge hatten in ihrer fremden Steifheit etwas Blasiertes.

Unter dem Rocksaum anstelle der schwärenden, dicken Beinsäulen wohlgeformte, schwarz einbandagierte Waden. An den Füßen Stoffschuhe mit flügelartig verlängerten Kuppen. Götterbotenschuhe, die keinen Staub mehr zu berühren brauchen.

Die anonymen Totenwaben hatten sie an die Wohnsiedlung zu Hause erinnert: Eigentumswohnung für gehobene Ansprüche im Grünen. Gemeinsames Fitness-Center und Swimmingpool. Aneinandergebaute, monotone Betonfassaden. Die Heckenrosen, die laut Architektenplan bis zur Dachterrasse hinauf eine belebende, fröhliche Note geben sollten, sind im letzten April erfroren.

«Unsere Wohneinheiten sind nicht so spießig wie Einfamilienhäuser», behauptet Curt.

«Zu viele Fenster», hatte sie schon von Anfang an gesagt. «Es dürfen keine Vorhänge aufgehängt werden», sagt der Architekt, «die Siedlung muß den einheitlichen Charakter wahren. Die großen Fensterfronten werden neuzeitlichen Wohnvorstellungen gerecht.»

Die Fenster sind Kontrollaugen. In der Eßnische, in der Wohnhalle, im nur durch Elemente abgetrennten Arbeitsraum: Nie wirst du aus dem Auge gelassen.

Ein Leben hinter Sichtfolie.

«Du übertreibst», sagt Curt, «durch die Glasfronten werden die Tages- und Jahreszeiten in den Alltag einbezogen.» Aber der Himmel ist in dieser Landesgegend meistens grau, die Jahreszeiten ein undifferenziertes Mischmasch.

«Ich friere. Glas isoliert zu wenig.»

Diese verdammte Kälte, die ihr dauernd in den Händen und Füßen sitzt. Zirkulationsstörungen wie bei einer alten Frau. Auch mit Bürsten und Kneippanwendungen – heiß duschen, kalt duschen, nochmals heiß, nochmals kalt – sind die Extremitäten nicht warm zu kriegen. Dieses Frösteln zwischen den Schulterblättern, als sitze ein Phantom auf dem Rücken und wedle mit eiskalten Händen das Rückgrat herauf, blase eisig in den Ausschnitt. Dieses Durchblasenwerden, von dem ihre panische Angst vor Durchzug kommt.

Im Auto zum Beispiel:

«Bitte, Curt, schließ das Fenster.»

«Es ist hermetisch zu, Liebling, ich weiß nicht, was du willst.»

*

Gegen Abend war sie mit Margherita durch eine steil abfallende Gasse zu Angelos Haus gegangen.

Eine junge Frau mit blond gefärbten Haaren, die sie aufgesteckt trug, hatte geöffnet. «Ach, kommen Sie doch ins Wohnzimmer», sagte sie zu Hildegard. Im Wohnzimmer zu viele, vermutlich auch teure Möbel, das Holz unter Lackschichten. Irgendwo plärrte ein Kind. Nachdem sie die üblichen Freundlichkeiten ausgetauscht hatten, fragte Hildegard nach Angelo. Die Frau entblößte die makellos weißen, etwas zu langen Zähne. «Mein Mann arbeitet in einem Hotelneubau in Lacona, in einer Woche ist der Rohbau fertig.» Sie versprach, Angelo vorbeizuschicken, sobald er zurück sei. Margherita kam noch mit ihr zum Platz hinauf.

Sie hatte ein rundliches, angenehmes Gesicht; eine mütterliche Mittfünfzigerin, das schwarze Haar trug sie straff nach hinten gekämmt. Hildegard trug das Kind über der rechten Schulter, die Lebensmittelsäcke brachte Margherita.

Margherita, die einen Schritt hinterherging, lachte, denn das Kind war, mit dem Kopf schräg über der Schulter der Mutter, eingeschlafen. Es atmete stoßweise, der vollippige Mund stand offen.

Ein Windstoß fegte Papierfetzen über den Platz, es begann zu dämmern, obwohl es erst Viertel vor fünf war. Drei Männer waren damit beschäftigt, die Flaggen an Zugseilen herunterzuholen; die äußersten Maste, an denen die russische und die italienische Fahne befestigt gewesen waren, ragten wie Schlagbäume in den bewölkten Himmel.

«Warum machen sie das?» fragte Hildegard.

«Ende Saison.» Margherita zuckte die Achseln, die goldenen Ohrgehänge gerieten in Schwingung. «Zudem wird es Winter. Wenn der Ponente weht, reißt er alles ab, was nicht niet- und nagelfest ist auf der Insel.»

«Also wird es schlechtes Wetter geben?»

«Ach wo. Im November und Dezember können die Tage noch sonnig sein; die Insel ist für mildes Winterklima berühmt. Weltberühmt», fügte sie bei und lachte.

*

In der Nacht wurde sie wach: Jemand hatte gewaltsam an den Fensterläden gerüttelt. Sie war aufgefahren, halb steif vor Angst.

Erst jetzt merkte sie, daß es Windböen waren, die abebbten, neue Anläufe nahmen.

Plötzlich begann Regen aufs Dach zu trommeln.

Fingerknöchel im Wirbel auf einem Riesentamburin; schneller, immer schneller, schließlich ein einziges platzendes Geräusch. Wie wenn man eine volle Badewanne umkippt, dachte sie, dann beruhigte sie sich: Unwetter sind im Süden kräftig, aber Platzregen hören bald wieder auf.

Aufrecht im Bett sitzend nahm sie denn auch wahr, wie die Spannkraft des Regens nachließ, der Schauer wurde schwächer, verlangsamte sich zu leisem Pochen.

Sie legte sich aufs Kissen zurück, um weiterzuschlafen. Da lief eine neue Windböe über das Haus hinweg. Der Regen schwoll erneut an. Das Geräusch war so nahe, daß ihre Schädeldecke zu dröhnen anfing.

Sie kroch unter die Bettdecke, hielt sich die Ohren zu. Mit geschlossenen Augen sah sie ein Dach vor sich, das zerlöchert war wie ein Sieb.

Nach einer Weile schrie das Kind auf, sie setzte sich auf den Rand des Kajütenbetts, sprach beruhigend auf es ein. Als das Kind wieder eingeschlafen war, dachte sie einen Moment daran, in die Küche zu gehen und Licht zu machen, um nach der Decke zu sehen.

Sie fand nicht den Mut dazu, verkroch sich in die Bettücher, wo sie schlaflos und fröstelnd bis gegen Morgen lag.

Am Morgen wurde sie von dem Kind aus dem Bett geholt. Draußen war es regnerisch und grau, Nebel strich in Fetzen über die Macchia, trieb am Haus vorbei durch die Schilfrinne zum Weinberg. Die Äste des Mandelbaums bewegten sich gequält; die Blätter trieften.

Mit Beklemmung trat sie in die Küche. Der Fleck, gestern noch handgroß über dem Küchenschrank, schob sich nun zangenförmig in zwei dunklen Ausstülpungen bis zur Deckenmitte vor.

Auch die gekachelten Wände fühlten sich feucht an. Auf Tischfläche und Simsen lag weißliches Pulver, als hätte jemand Salz gestreut.

Als das Kind seine Milch getrunken hatte, breitete sie über den langen Refektoriumstisch ein Leintuch aus, um die Oberfläche zu schonen, gab dem Kind seine Autos, seine Plastiktiere. Die Autos konnten auf dem Tuch nicht richtig rollen. Sie nahm sich vor, im Dorf ein Wachstuch zu kaufen. In der Schublade des Geschirrschranks fand sie einen Meter, maß Länge und Breite aus.

Dann lüftete sie das Haus, machte die Betten, kehrte den Boden sauber und rieb die Kachelwände trocken. In diesen Verrichtungen lag etwas Greifbares, an das sie sich klammerte, um nicht im Bodenlosen zu versinken.

Nach den Hausarbeiten hatte sie Lust auf Kaffee, es zeigte sich aber, daß die Kaffeemaschine von der Meerluft angefressen und voll Kalkablagerungen war, auch mit Reiben ließen sich die hellen Buckel nicht entfernen. Trotzdem füllte sie den unteren Teil mit Wasser, das Sieb mit Kaffee, schraubte den oberen Teil fest. Während sie darauf wartete, daß das Wasser auf der Gasflamme zu sieden beginnen und den Kaffee aus den Schlitzen herausdrücken werde, dachte sie: Auch Bitterkeit und Schmerz lagern sich ab, legen sich, Schicht auf Schicht, aufeinander, bis dieser Kalk, wie es im ‹Gattopardo› von Lampedusa heißt, zur wahren Ursache des Sterbens wird.

Der Kaffee war bitter. Nach zwei Schlucken fand sie ihn ungenießbar, schüttete alles in den Ausguß. Es kam ihr in den Sinn, daß sie Süßwasser aus der Flasche hätte nehmen sollen, das Leitungswasser schmeckte salzig. Um nochmals von vorne zu beginnen, fühlte sie sich jedoch zu schlapp.

Für diese Schlappheit machte sie die Medikamente und das Wetter verantwortlich.

*

«Wenn du dich immer so schlapp fühlst, mußt du etwas tun, was dich freut», hatte Curt gesagt. (Seine Vorschläge haben Hand und Fuß, das wird auch vom Juniorchef am Konferenztisch geschätzt, wo Curt seit letztem Herbst neben dem Filialleiter «Einsitz genommen» hat, wie das im Geschäftsjargon der FERRAG heißt.)

«Warum zeichnest du nicht mehr? Du warst doch zwei Jahre lang an der Kunstgewerbeschule. Die großen Kinder sind vormittags weg, und für den Kleinen wird sich ein Mädchen finden, das ihn spazieren fährt.»

«Zeichnen? Wo? Ich brauche eine Ecke für mich allein. An einem Tisch, der am Fenster steht, setzen sich meine Gedanken wie Fliegen ans Glas.»

Nach einigem Murren ging er auf ihre Idee ein, den Arbeitstisch in den Trockenraum neben der Heizung zu schleppen. Hier war eine freie Wand, auf Kopfhöhe ein kippbares Oberlicht. An trüben Tagen arbeitete sie bei künstlicher Beleuchtung.

In Zürich hatte sie eine Ausstellung gesehen mit japanischen Malereien aus dem 14. Jahrhundert. Viele Regenlandschaften. Wenige Tuschkleckse deuteten Bäume oder Häuser an, grenzten Leerflächen ab. Der unbemalte Papiergrund bekam bei längerem Betrachten Eigenständigkeit, suggerierte Wasserflächen, eine nebelverhangene Schlucht.

Sie vertiefte sich in die Technik, machte eigene Versuche. Für einen kleinen Verlag, der bibliophile Geschenkbändchen herausgab, illustrierte sie Gedichte.

Vormittage am Zeichentisch im Heizraum. Im Gegensatz zu den oberen offenen Räumen war dieser Raum eine rechtwinklige Kammer, hatte eine abschließbare Tür. So hatten die Zimmer im Haus ihrer Kindheit ausgesehen.

Das Haus ihrer Kindheit: Ein unförmiges, mit Schindeln bedecktes Gebirge. Als Kind hatte sie nie begreifen können, was Mutter gegen dieses Haus einzuwenden hatte.

Es stand mitten im ostschweizerischen S., beim Bahnhof, die Hauszeile bot gleich zwei Strömungen Widerstand: dem Durchgangsverkehr der Autos und dem Schienenstrang der Bundesbahn.

Das Haus, damals noch mit Schindeln bedeckt, war eine als Bauernhaus getarnte fünfstöckige Mietskaserne. Im Erdgeschoß eine Art Stickereikeller; auch er paßte, wie die Wandverkleidung, eher ins nahe Appenzellerland als in die Stadt. Sie wohnten im ersten Stock, über den hohen Fenstern der Stickereiräume, wohnten immer noch da, als es ihnen, materiell gesehen, längst gut ging. Vater wollte sich, trotz der Proteste der Mutter, erst Zeit lassen, ein geeignetes Grundstück für ein Eigenheim zu finden.

Im Erdgeschoß funkelten die überhohen Fenster in der Abendsonne. Sie preßte ihre Kindernase ans Glas, neugierig, ob die Mazzarellis schon zu Hause waren. Die Brüder stammten auch aus Fiorenzuola und arbeiteten bei Rinaldi & Co., wo der Vater zu jener Zeit als Bauführer angestellt war. Der jüngere der beiden, Michele, war immer zu Späßen aufgelegt. Hilde ging oft vor dem Nachtessen in die Wohnung, wenn Mama sie noch im Garten vermutete. Sie spielten auf dem weiß-blauen Belag des Küchentisches Halma mit Brotkrümeln, die dunkeln Kegel formten sie aus Rinde, die hellen aus dem Brotinnern, aber die hellen färbten sich in Micheles Händen schnell grau. Vor allem im Dämmerlicht gab es dauernd Verwechslungen. Sie fuhr dann mit seinem hellen rückwärts in die Startecke zurück, aber Michele wurde nie böse, er furchte nur seine niedere Stirn und verzerrte wie ein Schimpanse die Lippen, so daß man seine unregelmäßigen, gelblichen Zahnreihen sah.

Auf der Rückseite des Hauses, gegen den

Bahnhof hin, wuchs zwischen den Schindeln rötliches Moos. Über dem Steinsockel sprang die Schindelverkleidung um zwei Handbreiten heraus, ein kleines Vordach, das Wind und Wetter trotzte. Wo die Bemalung abgesplittert war, erschien das Holz glanzlos und grau. Hier hatte sie als Kind ihre Trostecke. Wenn etwas schief gelaufen war, setzte sie sich auf die Regentonne, drückte den Rücken an die Wand; ihre Fingerkuppen glitten über die Rundung der Schindelzungen.

Manchmal, wenn Züge aus- oder einfuhren, flogen Vögel durch die Bahnhofhalle. Unter dem Gestänge des Daches hatten sie ihre Nester. Das Dach, wie gemacht für Vögel, erinnert mit seinen verschnörkelten Verstrebungen aus Guß an den Eiffelturm, Huldigung der Jahrhundertwende an das Eisenzeitalter.

Die Vögel pickten, wenn keine Züge fuhren, zwischen den Gleisen nach Eßbarem. Das Stampfen eines herannahenden Zugs trieb sie zurück in ihre Schattenbezirke. Wer sie beobachtete, wunderte sich, daß sie nie am Gestänge anstießen, nie unter fahrende Züge kamen. An die Unruhe und Gefahren des Bahnhofs hatten sie sich gewöhnt. Sie beeindruckten durch ihr Flattern und Schreien, ihre freiwillige Gefangenschaft.

*

An diesem Tag regnete es fast ohne Unterlaß. In den kurzen Pausen wagte sie nicht, ins Dorf hinaufzugehen. Sie ließ das Kind ein wenig hinaus, aber es kam bald wieder in die Küche zurück, verschmutzte den Boden mit seinen lehmigen Schuhen.

Gegen Abend miaute eine Katze auf der Terrasse. Sie sprang an der Küchentür hoch, begehrte Einlaß. Das Kind lachte glucksend, streckte die Arme aus. Erst als das Tier durch die Küchentür hereinkam, bemerkte sie, daß es ein grau-weißes, struppiges Fell hatte und schwanger war.

In der nächsten Nacht, als neue Regengüsse über die Insel peitschten, begann sie, unter der hochgezogenen Decke verschanzt, das Geräusch des Regens zu hassen.

Am Morgen zeigte sich über dem Kajütenbett, wo der Junge schlief, ein dunkles Auge, das ihr unheilvoll bei der Arbeit zusah. Noch mehr erschreckte sie der Anblick der Küchendecke: Aus der linken hinteren Ecke herauswachsend, hatte sich der Fleck über die ganze Decke ausgebreitet bis zum Herd, nur die seitlichen Deckenpartien gegen das Kinderzimmer hin waren trocken geblieben.

Es roch wie in einem Bunker nach nassem Beton.

Das Kind schien von dieser Beklemmung nichts zu merken. Am Tisch, unter der schweren Decke, von der das Salpetersalz rieselte, aß es ein Marmeladebrot und freute sich auf den Moment, da es aufstehen und der Katze Milch geben durfte.

Der Ofen, den sie im Schuppen gefunden hatte, verbreitete dicke Wärme. Staub verbrannte stinkend auf den glühenden Spiralen. Das Kabel war an einigen Stellen bis auf die

Drähte durchgescheuert; sie schärfte dem Kind ein, nichts anzufassen.

Am Mittag – sie hatte gerade für das Kind Spaghetti gekocht und stand im Dampf, der Fenster und Glastür beschlug – klopfte es. Es war Lucca. Trotz seinen von Arthritis geplagten Beinen war er den glitschigen Pfad durch die Macchia heruntergekommen; sie rügte ihn, das sei unvorsichtig. Er lächelte schelmisch, setzte sich, noch leicht atemlos, auf den Stuhl, von dem die schwangere Katze aufgesprungen war.

«Wir werden bald schwimmen müssen», sagte sie und zeigte auf die Küchendecke. Nach einem Murmeln, das Entsetzen ausdrückte, betrachtete er lange die feuchten Stellen. Dann zeigte er auf die Ecke über dem Schrank: «Dort kommt es her.»

Gemeinsam zerrten sie den Geschirrschrank aus der Ecke heraus. (Bitte gib acht auf den Schrank, hatte Helena gesagt, das einzige Möbel, das in dem Häuschen kostbar ist, eine rustikale Kopie, 18. Jahrhundert, aus der Toscana. Ein seltenes Stück mit seinen Nischen, gedrechselten Säulchen, den Schubladen mit den Porzellanbeschlägen. Poliere die Flächen mit Olivenöl, dann behält es den matten Schimmer.)

Lucca hatte einen jener Kuchen mitgebracht, die sie, verschrumpelt, halb mumifiziert, auf dem Gestell der Backwarenabteilung im Coop gesehen hatte; zum Kaffee schmeckte er gut. Sie kauten schweigend an Weinbeeren, Pinienkernen, während das Kind mit einem Feuerwehrauto spielte.

«Wird es morgen weiterregnen?» fragte sie.

«Nein, nein», wehrte er ab, «das Wetter wird besser.»

«Sonst fürchte ich für Helenas Haus.» Sie dachte sofort daran, daß noch mehr Regen auch für sie und das Kind unangenehm, noch unangenehmer werden könnte.

«Bis Angelo kommt», meinte er, «könnte man auf dem Dach ein Stück Wellplastik anbringen. Ich will mit Federico reden.»

Dann holte er Korken hervor, in die er

Schrauben getrieben hatte. Er öffnete ein Fenster, zeigte ihr, wie sie die Haken an den Beschlägen einhängen konnte.

«Ausgezeichnet!» lobte sie. «Ihre Erfindung?»

«Ich habe ja Zeit, solchen Sachen nachzustudieren.» Er machte eine ruckende Bewegung mit dem Kinn, blickte mit seinen entzündeten Augen an ihr vorbei.

Als er ging, küßte er mit einer gewissen Umständlichkeit erst das Kind auf die Stirn, dann sie auf die linke und rechte Wange.

*

«Die Küsserei in deiner italienischen Verwandtschaft geht mir auf die Nerven.»

An Vaters Beerdigung stach Helena aus allen Verwandten heraus mit einem Federhut, den sie später im Taxi kaum unter Dach brachte.

La donna ricca, die Emporgekommene. (Durch Heirat natürlich, wie denn sonst in Italien, und der Lederfabrikant aus Lucca segnete schon nach drei Jahren das Zeitliche.)

Als sie auf Hildegard und Curt zusteuerte zwischen Blumen, Kränzen, goldgeprägten Leidbändern, wirkte sie mit ihrem Hut, dem Organzakragen und den ausladenden Hüften als Bestandteil des Pompe funèbre.

«Hildegard, tesoro!»

Sie fühlte ihre runde Wange, eine Cumuluswolke, roch den süßlich verwesenden Duft ihrer Puderquaste, es könnten auch die Gladiolen gewesen sein, sagte später Curt, der den ganzen Tag nach Luft rang zwischen Friedhofblumen und wild wuchernden Gesprächen all'italiana (diese Kaskaden aus offenen Vokalen). Es waren wirklich viel zu viele Gladiolen da um das offene Grab, papageienfarbene Exemplare, die da und dort schon braune Stellen zeigten, die sich unter der stechenden Sonne aufzulösen begannen wie Schneckenschleim.

Und immer wieder Helenas Mund mit den dunkelrot nachgezogenen Amorbögen, ein Stempel, mit dem sie sich auf ihrer Wange ansaugte und schmatzend losriß.

«Hildegard, tesoro, seit Jahren haben wir uns nicht gesehen!» Die Goldmünzen und Mini-Anhänger an ihrem Charme-Armband klimperten leise; als junges Mädchen hatte sie diese Herzchen, Würfelchen, Glücksblätter, Schweinchen stundenlang betrachtet, auch ein kleiner Eiffelturm und ein winziger kolumbianischer Paß war dabei, und Hildegard schaute über ihre Schultern hinweg zu Curt hinüber, der mißmutig dreinblickte. Über seinem Gesicht lag der Schatten des breitkrempigen Beerdigungshutes.

Helenas Einladung, sie in ihrem Haus bei Montecattini zu besuchen, hatten sie damals nach der Beerdigung nicht annehmen können; es war Monatsende, Curt stand unter Zeitdruck.

Das Versprechen, später einmal zu kommen, lösten sie auf ihrer Fahrt nach Elba ein. Es war im Juli an einem heißen Sonntag, heiß schon vormittags um zehn. Auf der Autobahn Firenze–Mare drängte sich Auto an Auto, alles rundhäusige Cinquecentos, eine Schneckeninvasion wie nach der Regenzeit.

Erst gegen Mittag kamen sie bei Helena an. Das Haus, ein ausgeglühter Backstein, lag rötlich im welligen Gelände. Die ehemalige Faktorei hatte der Familie des verstorbenen Mannes gehört.

Beim Aperitif in der Halle lief jenes Zucken um Curts Augen, das ihn nach einer Anstrengung oft befällt; auch im gleißenden Licht fährt er ohne Sonnenbrille, wähnt sich gegen alles immun, läßt sich mit allem, auch der Sonne, auf einen Machtkampf ein.

Im Speisezimmer brachte ein Mädchen Platten mit Polenta und winzigen, gerollten Braten; ihr würziger Geschmack paßte zum erdhaften Chianti. Hildegard erriet, daß es Vögel waren.

Curt ahnte es erst, als sein Hunger gestillt war. Er schob eines der Knöchelchen auf den Tellerrand, fragte mit gepreßter Stimme: «Sind das Vögel?»

«Findest du das schrecklich?» Helena, die sein Glas nachfüllte, betrachtete ihn mit mildem Spott.

Curt hörte auf zu kauen, atmete tief.

«Verzeihung», sagte Helena, «ich hätte es wissen sollen. Eure Proteste gegen Leimruten und Fangnetze. Dabei eßt ihr Rehe! Diese sanften Tiere mit den Märchenaugen! Aber jedes Volk hat da seine eigenen Ansichten. Letzthin bin ich im Zug mit einer Deutschen durch den Gotthard gefahren, die den Katholizismus ablehnt, weil der Papst Vogelnetze haben soll in Castelgandolfo. Dabei gibt es auch Menschenfallen, wißt ihr das?»

Helena war in Eifer geraten und griff zum Glas; unheimlich, was sie vertragen kann.

Obwohl die Stores geschlossen sind, ist es im Speisezimmer heiß. Die Hitze wirkt Curts Veranlagung, Verärgerungen längere Zeit herumzutragen, entgegen. Seine Stirn glänzt, Schweißflecken werfen Schatten um die Armlöcher. Das ist einer jener seltenen Momente, wo sein imposanter Körper die Straffheit verliert und zu gemütlicher Schwere zusammensackt. Die Wangen, beim Lachen rundlich zusammengezogen, bedrängen die Augenhöhlen.

Die Augen sind jetzt von verschmitzter Kleinheit. Die entspannten Gesichtsmuskeln machen Curt zum Dickhäuter.

Ein Flußpferd.

Hildegard mag Flußpferde.

Siesta in Helenas Gastzimmer.

Diese nachmittägliche, wollüstige Mattigkeit in den halb abgedunkelten Räumen. Wer sähe das von außen den abweisenden Hausmauern an.

Curt, unbekleidet auf dem Matrimonialbett mit den Eisenschnörkeln, verlangt nach ihr.

Sie geht noch einmal zum Fenster, zieht am Vorhang, weil durch eine defekte Sprosse ein Lichtstrahl aufs Bett fällt. «Was machst du?» fragt Curt, halb aufgerichtet, mit einer Stimme, die matt ist vor Ungeduld.

Sein rechter Arm hängt schlaff vom Bett. Das Achselhaar ist feucht.

Diese Verzögerungstaktik aus Angst, daß auch diesmal alles vorbei ist, bevor es begonnen hat. Curt in allem schnell, auch in der Liebe. Nach kurzem Vorgeplänkel, zu dem er sich, spätestens seit der Kolle-Welle, verpflichtet fühlt, steuert er geradewegs auf das Ziel los. Auch Liebe ist für Curt eine Arbeit, bei der die Späne fliegen.

«Ich schaffe dich.»

Sie hat schon Bilder von merkwürdigen Symbiosen gesehen: Dickhäuter und Vögel. Der Vogel, heißt es in der Bildlegende, klaubt mit seinem Schnabel Maden aus der faltigen Haut des Flußpferdes, dafür bekommt der Vogel auf dem Rücken des Dickhäuters Nahrung und Schutz.

Kaum auszumachen, ob der Dickhäuter etwas vom Wesen seines Dauergastes ahnt. Er kennt – falls überhaupt – nur die leichten Trippelfüße, die Art der Schnabelhiebe. Der Vogel auf dem Rücken des Dickhäuters erlebt vielleicht das Beben des Riesentiers, die Kraftverschwendung dieses wandelnden Gebirges.

*

Auch am nächsten Tag fielen sintflutartige

Regen. In den Regenpausen öffnete Hildegard Tür und Fenster, um die stickige Küchenluft auszulassen. Die Luft draußen roch nach Feuchtigkeit, Algen und Jod. Der Wind hatte die Nebelfetzen vertrieben, über die Spitzen der Goldpinien hinweg wurde die Sicht zum Meer frei.

Strömungen trieben über die aufgerauhte Oberfläche, zerflossen spiegelnd, bildeten sich anderswo neu. Am Horizont, über dem Grau des Wassers, sammelten sich neue Wolken, unförmige Schwämme, vollgesogen mit Regen.

Das Meer, von Helenas Terrasse aus normalerweise nicht zu hören, schnaufte in der Tiefe, man vernahm deutlich, wie sich die Brandung in den Klippen der Stecchi-Bucht brach, grollend zurückebbte.

Auch in der Küche machte sich das Wasser bemerkbar; an der vollgesogenen Decke bildeten sich Ansammlungen von Blasen. Tropfen waren in der Nacht die Metallkette entlang über den Kupferschirm der Lampe geronnen und hatten den Tisch genetzt. Sie zerrte den

Tisch unter der Lampe weg, mehr zur Raummitte hin, aber auch hier fiel, als sie dem Kleinen zu essen gab, ein Tropfen auf ihren Kopf.

Elektrisches war ihr seit jeher unheimlich gewesen; sie fürchtete sich vor dem Abend, wo sie die feuchte Lampe anzünden mußte; auch hatte sie Angst vor dem Ofen, der auf dem Steinboden stand.

Wenn dem Kind etwas zustieße, würde sie alles liegenlassen und hinunterrennen zum Meer. Aber was machte das Kind, wenn es ihr passierte?

Sie dachte darüber nach, während sie Salpeter und Schimmel aus den Fugen der Wandplatten kratzte. Als sie damit fertig war, zog sie das Kind neben sich und sagte:

«Wenn Mama tot ist, schau so» – sie streckte, auf dem Stuhl sitzend, Arme und Beine von sich, legte den Kopf zur Seite – «dann geh hinauf, immer weiter hinauf bis zum Dorf. Dort gehst du zum Opa und sagst: ‹Mama tot!›»

«Mama kaputt!» rief das Kind lachend, und

später, als es mit den Autos spielte, schrie es immer wieder: «Mama kaputt! Mama kaputt!»

Am Nachmittag kam Federico.

Er hatte ein riesiges Stück Wellplastik vom Schulplatz her den Hang hinuntergeschleift; die Straße, berichtete er, sei durch das Unwetter unbefahrbar geworden, sonst hätte er es mit dem Fiat von unten heraufgebracht. Lucca lasse grüßen, er fühle sich unpäßlich, spüre es in den Beinen, dieses verteufelte Wetter...

«Ja, ja», sagte sie, «er kam gestern bis zu mir herunter, das hätte er nicht wagen dürfen. Wie alt ist er eigentlich?»

«Im Herbst achtzig.»

«Das kann doch nicht wahr sein», stammelte sie, aber Federico meinte lachend, mit spürbarem Sippenstolz: «Ja, der steht noch bolzengerade in den Schuhen.»

Sie zog Schuhe und Windjacke an und ging mit ihm hinters Haus, wo sie das Plastikstück über eine Leiter aufs Dach zogen. Es deckte die Fläche der Küchendecke ab, bis zu dem

Mäuerchen, das dunkel, von Feuchtigkeit, das Flachdach begrenzte.

Sie reichte ihm Ziegelsteine hinauf zum Beschweren. «Falls diese Nacht der Ponente noch einmal kommt, weiß ich nicht, ob es hält», meinte er. Er kratzte sich in seinem schon angegrauten Haar, musterte sie mit Augen, deren strahlende Unverbrauchtheit in seltsamem Kontrast stand zu diesem großflächigen Gesicht voller Kerben, Wälle, Runsen, Querrinnen und dem offensichtlich von Yolanda geerbten runden, aber eigenwilligen Kinn. «Sie sind da unten von allen Leuten abgeschnitten; Rocco, der in der Nähe baut, kommt erst übermorgen. Fürs Wochenende, vorausgesetzt, das Wetter bessert sich», fügte er nachdenklich hinzu.

Er kam noch ins Haus, die nasse Küchendecke zu sehen. Im Kinderzimmer rückte er das Kajütenbett unter dem Fleck weg.

«Eine Tasse Kaffee?» fragte sie.

Er lehnte ab. Dann verabschiedete er sich linkisch, mit gespielter Hast.

Der Gedanke blitzte in ihr auf, daß es ihm wahrscheinlich peinlich war, allein im Haus mit ihr zusammenzusein, vielleicht wurde im Dorf über sie gesprochen; eine fremde Frau allein im November, da ahnt man, daß etwas nicht stimmt.

*

Eine Zeitlang, es mochte ein Jahr her sein, war sie einmal pro Woche nach Zürich gefahren, für einen Kurs in japanischer Maltechnik an der Kunstgewerbeschule. In einer Pause hatte sie D. kennengelernt. Er hatte sich im zugigen Gang neben sie gesetzt, auf die Bank vor den Heizröhren. Mit der Handfläche ging sie nahe an die heiße Röhre heran, zuckte zurück. Auch er friere, sagte er. Am Automaten holte er für beide Kaffee. Als er mit den Pappbechern ankam, schwappte ein Teil der Brühe über; sie gab seinen langen, nervigen Händen schuld und den schlacksigen Gehbewegungen des hageren Körpers. Etwas Clowneskes lag in seinem schmalen, nach unten spitz zulaufenden Gesicht.

Sie taufte ihn Dimitri.

Eigentlich hieß er Michael und kam mit seinem Mini Cooper jeden Freitagnachmittag von Friedrichshafen her für einen Filmkurs; am Gymnasium unterrichtete er Kunstgeschichte und Deutsch. Sein Deutsch klang weich und für Schweizer Ohren anheimelnd, er sagte: ischt, hascht, bischt.

Schon damals auf der Bank diese aufblitzende Zärtlichkeit in scheinbar alltäglichen Redewendungen.

Ein Gespräch, das sich vorantastete, Äste und Zweige trieb, Blätter.

(Sie allerdings blieb auf der Hut. Wog die Worte ab. Duckte sich hinter die Baumattrappen der Gemeinplätze. Maß die Pausen. Nichts kann beredter sein als das Schweigen.)

D. forcierte nichts. Er beherrschte das Spiel der subtilen Einstellungen, der Überblendungen und Halbschatten, der Verfremdungseffekte.

Später hatte er ihr einmal erzählt, was er während dieses ersten Gesprächs gedacht hat: Mit ihrem Lachen stimmt etwas nicht. Dieses grelle Ausbrechen. Dieses abrupte Verstummen. Eine Glasscheibe mit einem Sprung, die im Wind klirrt.

Wenn sie die letzte praktische Übung fallen ließ und den späteren Zug nahm, reichte es für einen Spaziergang am Zürichberg. Die Wälder am Dolder waren in diesem Frühjahr noch winterlich kahl; rötliche, vor Nässe glänzende Baumgerippe. Zwischen den Ästen ein perlmuttfarbener, verletzlicher Himmel. Ihre Schuhspitzen wirbelten vorjähriges Laub auf. Die Komplizenschaft unter dem lilafarbenen Gewirr der Äste verstärkte sich.

Komplizenschaft gegen wen, gegen was?

«Hast du Kinder?»

«Ja, vier.»

«Ich zwei.»

Eine Komplizenschaft, die nach nichts aussah, aber auf dem Sprung war wie diese Bäume, die, durch zwei oder drei Sonnentage ermutigt, ihre Blätter ausbreiten und zum Wald werden.

Als Kind hatte sie sich gewünscht, im Wald zu wohnen.

Wochen später.

Mit D. in einem Hotelzimmer. Das Fenster, das auf die Limmat ging, ließ sich auch mit Anstrengung nicht öffnen: ein Zusammenhang zwischen innen und außen war nicht herzustellen. (Wir brauchen Air-Condition, hatte der Mann an der Reception gesagt, eine Schande, die Abgase aus der Futtermittelfabrik, so nah am Zentrum.)

Die Luft im Zimmer flau, gewürzlos, Luft aus der Konservenbüchse. Auch die Zärtlichkeiten, behutsam auf Körper gesetzt, weltfremde, unter Treibhausglas gezüchtete Kulturen. D. heller Körper in fischartigen, stummen Zuckungen; Liebespantomime hinter Glas.

Im Heizraum zeichnete sie Bilder nach dem Vorbild des Mönchsmalers Gukei Yû'e.

Sie beherrschte nun die Technik der aufgespritzten und hingekleckten Tusche.

Mit der Technik der aufgeblasenen Tusche (Fukizu) deutete sie Laubwerk an. Der Pinsel wird dabei mit Tusche getränkt, über dem Bild auf die entsprechenden Partien gerichtet, der Maler bläst über die Spitze hinweg; Tuschtupfer, Sprühregen gleich, verteilen sich über das Blatt.

Sie illustrierte ein zweites Bändchen mit Haikus. Viele Landschaften nur angedeutet.

Leere Papierstellen machen im Betrachter Wünsche, Vorstellungen frei.

Für jeden, stellte sie fest, nahm auf diesen Leerflächen etwas anderes Gestalt an.

*

Das Gefühl, Aldos Augen starrten hinter der Scheibe; aber vielleicht täuschte sie sich, waren es nur Regenspuren, Fliegendreck, Staub vieler Wochen.

Heute, am Samstag nach dem großen Regen, blieb das Kind unter der geöffneten Tür der Bar stehen, ließ sich nicht wegbewegen von den Tafeln mit den Abbildungen der Eisbecher und regenbogenfarbigen Lutscher. Sie zerrte es am Arm, denn sie scheute sich, in das dunkle Loch einzutreten, wo man, zu dieser Jahreszeit wenigstens, nur Männer verschwinden sah.

«Später! später!» sagte sie bittend, aber das Kind wand sich, bockte schreiend; der Carabinieri, der auf dem Platz die Runde machte um Parkbußen einzuziehen, blieb stehen und weidete sich an dem Schauspiel.

«Später!» flehte sie noch einmal, aber schließlich ließ sie sich, im Schlepptau seines eisernen Willens, in das Dämmerdunkel ziehen, in den Winkel, wo die Metalldeckel der Eistruhe schimmerten.

An der Theke, wo die Gespräche eben noch gewabert hatten, halblaut, letzte Glut des Sommers schürend unter der Asche, wurde es jäh still. Die Männer starrten, auf ihre Ellbogen gestützt, die Köpfe zwischen den Schultern verschanzt, die Eintretenden an. Die gekrümmten Silhouetten waren vom bläulichen Licht des Fernsehers umflossen: stumme Teilnehmer einer Spiritistensitzung. Aldo klappte mit blitzblauem Lächeln die silbernen Flügel der Truhe auf. Während sein Arm in eisige Tiefe fuhr, löste sich einer der Männer von der Theke und fütterte den Wurlitzer mit einer Münze. Eine erwartungsvolle Stille, aufgeritzt durch das Zirpen des Reißverschlusses, ihre Finger, ungelenk unter den starrenden Blicken, suchten in der Tasche nach Kleingeld. Endlich klinkte der Tonarm, die Stimme des Sängers schlug Schaum, schwoll an, trieb Blasen durch den grottenähnlichen Raum:

«Im Sommer / da spürte ich / auf meiner
Moto Guzzi
die Spannkraft des Panthers.
He Rico, riefen sie,
wenn ich meine Kreise zog
durch sonnenheißen Sand.
Und jetzt / nichts als Wind
und das Kreischen der Vögel...»

Blasen zerplatzten an der Theke, wo tanzende

Finger zwischen Zuckergefäßen und Martiniflecken Schmierspuren zogen über Chromstahl:

«Und das Kreischen der Vögel
über dem Strand...»

Aldos Augen, parmaveilchenblau blitzend, entfernten sich in den Hintergrund, hinter ihm, in den Spiegelregalen, lösten sich die Flaschen in eine farbenprächtige Unendlichkeit auf.

Als sie mit dem Kind gegangen war, weg war aus dem Bezirk der Fensterscheiben, löste sich die starre Haltung der Männer, sie richteten ihre füchsischen Augen, erwartungsvollen Gesichter auf Aldo, und er kostete das Gefühl aus, daß alle an seinen Fäden zappelten. Alles, was im Dorf von Wichtigkeit war, lief durch seine Zentrale, durch diese feuchte Miesmuschel mit den Elexieren an der Wand.

‹Kleinen Maffioso› nannten sie ihn, und Gerüchte gingen um, daß es keine Geschäfte gäbe auf der Insel, wo er nicht mindestens mit einem Finger mitmische...

«Noch einen Grappa, Filiberto?» Indem er

eingoß, ließ er das, worauf sie warteten, wie beiläufig fallen: «Ildega oder Idega heißt sie, zungenbrecherische Namen haben die...»

«Sie ging die Treppe hoch zu deinem Alten, der hat Chancen, was?» Filiberto grinste, zog das Glas an sich.

Wiehern rund um die Theke, augenzwinkernder Beifall. Filiberto, der Tausendsassa, hatte es gewagt.

Er allein konnte sich mit Aldo messen. Im Sommer hamsterte er als Taxichauffeur Trinkgelder, Liebesabenteuer, Anekdoten, Witze; davon zehrte man in der Bar, halbe Winter lang. Wer unterhalten kann, ist beliebt, ist ein König, man schubst ihn vor, setzt ihn ein im Wettkampf mit Aldo, dem kaltäugigen, scharflippigen Alleswisser, der ihnen im Winter die letzten Lire für seine fingerhutgroßen Schnäpse aus der Tasche zieht.

«Paß auf, die wird dich noch enterben», sagte Filiberto glucksend und wischte, nachdem er den letzten Schluck gekippt hatte, mit dem Hemdärmel über den bartumwucherten

Mund. Aldo ließ sie kichern, rieb, an der Unterlippe nagend, ein Glas trocken, hielt es prüfend gegen die Fensterscheibe. «Mit so einer», murmelte er dann und hauchte gegen das Glas, «mit so einer stimmt etwas nicht. Die ist, da nehme ich jede Wette auf, davongelaufen, Hals über Kopf, mit ihrem orangefarbenen Rucksack.»

Zwei, drei nickten. Einer fragte: «Wo wohnt sie denn?»

«Bei Rocco», sagte Aldo, bewußt den Ball weitergebend, «der Rocco ist ihr Nachbar.»

Rocco, der im Hintergrund gestanden hatte, wurde jetzt kichernd angestoßen, mit Schulterklopfen und Ellbogenstößen traktiert; er stand belämmert da, ein verlorenes Lächeln unter dem Schnauzbart.

«Los, Rocco», ertönte nun Filibertos Stimme, die sich manchmal vor Erregung überschlug und in einen Fistelton kippte, «die ist gar nicht so übel mit dem blonden Haar, geht nur herum wie eine Zigeunerin mit ihrem Kopftuch, dem Rucksack und der Regenjacke.

Eine Nordische, wochenlang ohne Mann, huiiii, die sind gar nicht so kühl. Los, tu deine Pflicht, mein Lieber!»

Gelächter, Stimmengeschwirr, sommerfarbenes Feuerwerk Mitte November. Und mittendrin Rocco, der sich mit dem Handrücken ein paar Grappatropfen aus dem Schnauzbart streicht. «Habe anderes zu tun», hört man ihn murmeln, «das verdammte Unwetter! Hat mir den halben Aushub weggeschwemmt, der Humus ist zum Teufel. Die Zufahrtsstraße beim deutschen Filmmenschen hat einen Riß, anderthalb Meter breit, die Leitungen quellen heraus wie Därme...»

*

Gestern, nachdem sich der Himmel aufgehellt hatte, war sie mit dem Kind ins Dorf gestiegen. Es hatte nach den Tagen im engen Haus dringend Bewegung nötig, selbst wenn die Schuhe knöcheltief im Lehm einsanken. Es jauchzte, als es auf dem Weg unterhalb von

Roccos Rohbau den rötlichen Bach sah, der Erde und Steine heranschwemmte. «Wasser! oh, Wasser!» krähte es, als ob es in den letzten Tagen um seinen Käfig herum nicht genug Wasser gesehen hätte und selbst in seinem Käfig drin...

Lucca hatte tags zuvor über Schmerzen in den Beinen geklagt, die ganze Zeit über war er auf dem Küchenstuhl gesessen, sich der stinkigen Wärme überlassend, die aus der Klappe des Backofens quoll. Heute wirkte er unternehmungslustiger. Federico habe Muscheln gebracht, sie und das Kind sollten über Mittag bleiben, mit ihm essen. Wenn sie mithelfen dürfe, meinte sie. Er murrte erst, ließ es dann zu, daß sie Petersilie und Zwiebeln hackte.

Er hatte im Wohnzimmer gedeckt, mit Weingläsern und Stoffservietten; als sie aßen, erschien plötzlich Aldos Kopf im Türspalt. «He, komm herein!» rief Lucca, aber Aldo warf seine blauen Blitze auf Platten und Teller, murmelte: «Scusi, ich will nicht stören», und zog die Türe hinter sich zu.

Darauf stocherte Lucca eine Weile verärgert in seinen Muscheln herum.

«Schaut er öfter mal rein?» fragte sie.

«Er kommt sonst nie.»

Sie tunkte die grüne, nach Origano schmekkende Sauce mit Weißbrotbrocken auf, räumte dann das Geschirr in die Küche. Das Kind blieb auf seinem Stuhl sitzen, schob mit schläfrigen Schnurrbewegungen der Lippen ein Auto auf dem Tischtuch hin und her. Es wirkte klein und verloren zwischen den überhohen gekalkten Wänden, im Schatten des Mammutschranks, den man sich in einer Sakristei vorstellen konnte, mit geplätteten Chorhemden in den Regalen.

Lucca langte auf dem Tellerregal nach einem Brief, hielt ihn ihr hin, mit der Aufforderung zu lesen. «Ich habe ihn gestern geschrieben, bei diesem schlechten Licht in der Küche, entschuldigen Sie die Schrift.» Sie lächelte über die eitle Art, wie er sich entschuldigte, überflog die Landschaft der verästelten, mit schwungvollen Schnörkeln belebten Schrift.

Dem Schriftbild entsprach die umständliche Korrektheit der Sätze; er gebrauchte sogar das seltene Passato remoto, das ihr in den Italienischstunden kaum in den Kopf gegangen war. Während sie las, schaute er ihr über die Schultern, um ihren Gesichtsausdruck zu beobachten, besonders bei der Stelle:

... «ich bin Dir, liebe Helena, großen Dank schuldig, daß ich durch Deine Vermittlung die Freude habe, deine Freundin Ildega zu kennen; sie und ihr Kind, ein Knabe von dreieinhalb Jahren, leisten mir auf das angenehmste Gesellschaft.»

Als sie, den Brief weglegend, zu ihm hinschaute, wandte er den Blick sofort weg und begann Kaffee zu mahlen. Sie setzte sich auf den wackligen Strohstuhl und schrieb auf dem Küchentisch ein paar Zeilen an Helena hinzu. Nach einigen vorsichtigen Sätzen über die Regengüsse der vergangenen Tage fügte sie bei: «Sorge Dich nicht, das Dach wird nächste Woche geflickt.»

Unterdessen war das Kind, den Kopf an die

Rücklehne geschmiegt, mit offenem Mund auf dem Stuhl eingeschlafen. «Wecken Sie es nicht», sagte Lucca, «wir können es auf meinem Bett schlafen legen, und wir beide trinken Kaffee.»

Sie willigte ein, der Wein aus Luccas eigenem Weinberg hatte ihr warm gemacht; unmöglich, das Kind jetzt durch die Macchia zu schleppen. Zu zweit trugen sie es hinüber. Das Matrimonialbett, ein gußeiserner, verschnörkelter Schleppdampfer, füllte den Raum aus. Die Luft roch säuerlich nach einer Mischung von Fenchel und Kampfer.

Unter einem venezianischen Gondelbild aus schimmernden Perlmuttplättchen zog sie zur Vorsicht dem Kind, das sich durch nichts mehr in seinem Schlaf stören ließ, Windeln an.

«Es kann schon sprechen, und Sie wickeln es immer noch,» sagte Lucca vorwurfsvoll.

Als sie darauf nicht antwortete, meinte er, sich entschuldigend: «Ich denke nur an die Arbeit, die Ihnen das Kind macht.»

In der Küche drängte er ihr vor dem Kaffee

nochmals ein Glas Wein auf. Während sie mehr nippte als trank, füllte er sein Glas ein zweites und drittes Mal. Mit immer lebhafteren Gesten begann er zu erzählen, Erlebnisse aus der Zeit nach dem Krieg; der Name Yolanda kam jetzt selbstverständlich, ohne das übliche Stocken und faxige Zucken um die Mundwinkel, über seine Lippen.

Von der Wohnzimmerwand blickte Yolanda, überlebensgroß, als 32-Jährige, mit Schwanenhals und schwärmerischen Augen, zur Küche herüber. Doppelkinn und Wangenpolster deuteten die spätere Fettleibigkeit erst an.

Der Wein und die Backofenwärme hatten Lucca eine rosige Aufgeräumtheit verliehen. Während er sprach, traten rote Äderchen auf seinen Wangen hervor, verliefen sich im Gestrüpp der weißen Stoppeln.

Die Augen, jetzt noch deutlicher hervorquellend, hatten in ihrer glasigen Rundheit etwas Fischiges. Sein Mund machte, wenn er um einen treffenden Ausdruck rang (auch jetzt noch sprach er kontrolliert), Schnappbewegungen, wie man sie bei Fischen vor dem Wetterumsturz beobachten kann. Er mischte die Worte wie die Zutaten eines Gerichtes: Kernige Ausdrücke, die Würze der Ausrufe, Steigerungen, untermalt von der Bewegung der Hände, die Treibhefe der Pausen, alles überstreut mit einer Prise Ironie.

Sie hörte ihm zu, völlig versunken, die Ellbogen auf den Küchentisch gestützt, den Kopf in den Handflächen; die Worte trieben in der schummrigen Wärme herum wie Papierfetzen.

Sich voneinander entfernen, ein Vorgang, der, weil schmerzlich, nicht ohne Würde ist.

Dimitri konnte es nach einem Jahr der heimlichen Treffen nicht mehr verkraften, nervlich nicht, wie er ihr in einem Brief zu wissen gab. Immer dieses Geheimnis mit sich herumschleppen. Ängste, gewachsen aus Heimlichkeit.

Es eines Tages über Bord werfen, dieses festgeschnürte Paket voll explosivem Stoff, um sich Erleichterung zu verschaffen; Rückkehr zu einer zwar banaleren, aber gesicherten Existenz.

Ein einziger Seiltanz, dieses Jahr mit ihr.

So etwas sei auf die Dauer nichts für ihn, leider, schon als Jugendlicher sei er voller Ängste gewesen, hätte nun von einer Zweitbeziehung erhofft, manches abzubauen, dies habe sich aber gerade nicht bestätigt.

Er hoffe, ihr nicht weh zu tun.

Lernen, sich von einem geliebten Du zu entfernen, mit leichtem, Zielstrebigkeit vortäuschenden Schritt, der sich nicht einläßt auf den schwerfälligen Rhythmus des Haders und der selbstzerstörerischen Anklagen.

Einen Teil deiner selbst entlassen. Feststellen, wie er sich entfernt, schrumpft, am Horizont verblaßt. Die schmerzenden Ränder um die entstandene Leerstelle abtupfen. Den weißen Fleck freibewahren, diese nur scheinbare Leerzone, in der man, bei genauerer Betrachtung, die Schatten des Vergangenen erkennt.

Es wunderte sie, wieviel es ihr ausmachte.

Wenn aus dieser Beziehung auch kein Haus geworden war mit tragfähigen Mauern, einem festen Dach, so war sie doch mindestens so etwas wie ein Zimmer gewesen, angefüllt mit fremdartigen Gewächsen unter stiller Luft. Früher, so las sie irgendwo, hatte man Räume dieser Art Wintergarten genannt.

*

Für einen Moment mußte sie eingenickt sein, das Zuschlagen einer Türe hatte sie aufgeschreckt.

Draußen war wieder Wind aufgekommen; die Fensterscheiben, die wie in Helenas Haus ohne Kitt in den Rahmen saßen, begannen zu klirren.

«Wenn es nur nicht wieder regnet», unterbrach sie ihn bekümmert.

Das Barometer sei gestiegen, meinte er.

Aber der Wind machte sie flattrig, aus war es mit dem Sitzleder; sie stand auf, begann Teller zu spülen. Später nahm sie kurzerhand den Besen, kehrte Küche und Wohnzimmer.

«Man sollte die Böden mit Seifenwasser aufwischen, macht das Ihnen niemand?»

«Die Enkelin, die Teresa, ist zwei-, dreimal gekommen, aber das war im Sommer, glaube ich.»

«Darf ich es nächste Woche tun?»

«Herrje, das ist zu anstrengend, Sie müssen sich erholen, Helena hat es auch in ihrem Brief geschrieben. Zudem –», fügte er mit einem neckischen Seitenblick hinzu, «ein alter Mann stirbt nicht an Schmutz.»

Es ging gegen fünf Uhr, als sie sich mit dem Kind auf den Weg machte. Der Wind trieb in flachen Stößen über den Hügel hin. Unter dem Schulhaus blieb sie stehen, um den Knoten des Kopftuches unter dem Kinn fester zu binden. Zum ersten Mal schoß einer der Doktorhunde, ein großes, geflecktes Tier, aus dem Gartentor bellend auf sie zu; erschrocken riß sie das Kind hoch, die Einkaufstasche fiel ins Gebüsch.

Hinter den Zypressen pfiff jemand, der Hund gehorchte nur widerwillig, schaute, sich langsam und knurrend entfernend, immer wieder zurück, wobei der lange, affenartige Schwanz peitschende Bewegungen machte.

Das Kind schrie, wollte sich kaum beruhigen, obwohl sie es am Drahtgitter des Gartens vorbei bis hinunter zu Roccos Rohbau trug. Vom Vorplatz aus, wo Sandsäcke und Werkzeuge lagen, sah sie auf das Dach ihres Häuschens. Der Wind hatte das Plastikstück auf der Schmalseite losgerissen, mit jedem Luftzug schlug es gegen die Mauer. Sie wollte das sofort in Ordnung bringen, das Gewölk hing tief, verhieß neuen Regen.

In der Küche zündete sie Licht an, trotz der feuchten Lampe funktionierte das Elektrische tadellos. Sie setzte das Kind hinter den Tisch, sagte zu ihm: «Spiele! Wenn du artig bist, kaufe ich dir am Montag ein Abschleppauto mit Blaulicht.»

Von der Terrasse aus, die mit unwirklichem Zwielicht erfüllt war, ging sie ums Haus herum. In den nassen Spinnweben zwischen den jungen Pinien brach sich das letzte Licht des Tages. Beinahe wäre sie über den Abfallsack gestolpert, den sie am Morgen auf den zementierten Platz hinter dem Haus gestellt hatte; er lag, mit einem klaffenden Loch, inmitten von Konservendosen, Milchpackungen, Knochen.

Katzen, dachte sie, und die Vorstellung, diese scheuen wilden Tiere hätten hier nach Nahrung gesucht, verdrängte ihren Ärger. Katzen waren auf dieser Mittelmeerinsel von einer anderen Beschaffenheit als ihre gefütterten Artgenossen zu Hause; hochbeinig, von einer edlen Hagerkeit, strichen sie nach Einbruch der Dunkelheit die Rebhänge herunter. Immer auf dem Sprung, den Fluchtweg im Augenwinkel, nähern sie sich mit mißtrauischen Blicken. Aber, überlegte sie mit einem Anflug von Schmerz, die Katzen schaffen es zu überleben; ich möchte, ich wäre wie sie.

Die Leiter, die Federico am Vortag aus dem Schuppen gezerrt hatte, lehnte noch an der Hauswand. Im Hinaufgehen hörte sie jemanden den Weg herunterkommen. Es war Rocco. Seine Schuhsohlen knirschten auf dem feuchten Kies. Er machte ihr ein Zeichen, bahnte sich dann einen Weg den Steilhang zwischen den Pinien herab. Wie ein Dickhäuter brach er durch die hüfthohen Jungbäume.

Am Fuß der Leiter blieb er keuchend stehen, hob sein mondrundes Gesicht empor.

«Kann ich helfen?»

«Wenn Sie ein paar Ziegelsteine heraufbringen wollen, bitte.»

Er schichtete die Ziegel mit langsamen Bewegungen aufeinander, trug den Turm schwankend, von seinen Leibespolstern abgestützt, die Leiter herauf. Oben nahm sie ihm Stein um Stein ab; der Atem, der stoßweise aus ihm herausbrach, streifte ihren Hals. In Hockstellung gehend, versuchte sie, das Plastikstück mit den Steinen zu beschweren.

Die Hände auf dem Rücken, schaute er ihr zu und meinte schließlich: das werde wenig nützen. Man müsse die Umfassungsmauer wegspitzen. Ob sie nicht sähe, daß die schwarz sei vor Feuchtigkeit? Ein Schwamm, der Nässe ins Innere leite. Ob denn das Wasser durch die Decke drücke?

«Das ist es ja», sagte sie. Sie ließ sich in ihrer Arbeit nicht beirren. Ohne den Kopf zu heben, erklärte sie, der Maurer werde nächste Woche kommen, das Dach zu flicken.

«Wer macht es?»

«Ein gewisser Angelo.»

Er starrte auf ihre Hand, die über die Mauer glitt, nach Rissen tastete. Da hörten sie den Schrei.

Das Kind stand auf der obersten Sprosse der Leiter, über der Umfassungsmauer waren nur seine Augen sichtbar, die mit rundem Erstaunen auf die Mutter starrten.

Mit einem unterdrückten Ausruf stürzte sie ihm entgegen, zog es aufs Dach.

«Ein kleiner Verrückter», murmelte Rocco und zog ein Taschentuch heraus, um sich den Schweiß abzuwischen. «Ein kleiner Verrückter, auch im Dorf sagen sie es.» Es war aus ihm herausgerutscht; unsicher, ob sie es gehört hatte, nagte er an der Unterlippe, besann sich auf Freundlicheres. Dann fuhr er dem Kind, das triumphierend, mit schlenkernden Beinen auf dem Arm der Mutter saß, durchs Haar.

«Hübsches, blondes Kind.»

Der Kopf des Jungen fuhr herum. Mit Augen, die weit aufgerissen waren, starrte er auf Roccos Schnauz. Diese wippenden, dunklen Flügel. Er starrte geradeaus, aus der Schwärze stiegen Erinnerungen, vager als die Schatten des Mandelbaums, die im Wind hin und her schwankten; das Kind suchte sie festzuhalten, murmelte nach einer Weile, mit glasig abwesendem Blick: «Papa... Papa...»

Geschmeichelt auflachend riß Rocco das Kind an sich. Er stemmte es auf die Schultern; es protestierte nicht, als er es die Leiter hinuntertrug.

Vor seinen Füßen floh etwas Dunkles am Eukalyptusbaum vorbei über den Platz, dann hörte man es zwischen den Schilfhalmen in der Fossa rascheln.

«Oh, eine Ratte!» rief er. «Haben Sie gesehen?»

Sie hatte nichts Genaues sehen können, Gott sei Dank. Man müßte die Fossa, diesen nutzlos gewordenen Wassergraben, einebnen, holte er aus. Schilf und Brombeerranken seien ein Versteck für Tiere. Seit auf der Kuppe beim Schulhaus das Wasser in Röhren gefaßt worden sei, fließe selbst bei Regenwetter nichts mehr durch.

Noch in der Küche, als sie ihm das Kind abnahm, hatten ihre Arme eine Gänsehaut. Sie setzte das Kind wieder hinter den Tisch, wo immer noch sein Spielzeug stand. Rocco atmete, mitten im Raum stehend, die Bunkerluft ein, blickte beklommen zur Decke empor. So schlimm habe er es sich nicht vorgestellt. Während er hinaufstarrte, sah sie, wie die Feuchtigkeit des Bodens den Schmutz seiner Schuhe aufzuweichen begann; mit jeder Bewegung seiner Füße wurde der Schmutz lebendiger, zog Schlieren über die Keramikplatten.

«Bitte setzen Sie sich. Ein Glas Wein?»

Sie holte die Flasche, die sie für das Sonntagessen morgen mit Lucca gekauft hatte, bat ihn, den Korken zu ziehen.

Während er trank, unterhielten sie sich über Ratten. Das Kind blickte manchmal von seinem Spiel auf, schaute gebannt auf die beim Sprechen zitternden Schwingen über Roccos Mund, zog dann die Mutter am Arm: «Kaufst du ein Abschleppauto mit Blaulicht? He!», plärrte es, weil die Mutter nicht sofort hinhörte, «k-a-u-f-s-t - d-u - e-i-n - A-b-s-c-h-l-e-p-p-a-u-t-o ?»

«Schweig», wies sie es zurecht, «du hörst doch, daß wir sprechen; wenn Erwachsene sprechen, sind Kinder still», und sie löste seinen Griff von ihrem Arm.

Das Kind ließ sich für kurze Zeit abwimmeln, da es, ein Auto hin und her schiebend, auf den fremden Mann blickte; ein Gebirge von einem Mann, das einen Schatten über den Herd warf. Im Lichtkegel der Lampe erschien sein Gesicht noch fleischiger und kindlich voll; die Augenlider, schläfrig gesenkt mit dunklen Säumen, malten Schatten auf das Polster der Wangen.

«... Eine Ratte muß man mit Benzin übergießen und verbrennen, das Geschrei, das sie dabei macht, wird ihre ganze Sippe in die Flucht schlagen. Die wagt sich nie mehr in die Gegend.»

«Wenn es mir vor etwas ekelt, dann vor Ratten», sagte sie. Seine schwere Hand schob sich quer über die Tischplatte, legte sich auf ihre kleine, zuckende.

«Jemand sollte Sie beschützen, Ildega, nicht nur vor Ratten.» Sie lachte, zog die Hand unter der seinen weg.

«Hildegard heiße ich. Mit ‹H›. Voll aspiriert. So!» Sie sprach es ihm vor.

Er öffnete den Mund, blähte die Backentaschen auf, pustete, als blase er Löwenzahnsamen durch die Luft.

«Nicht schlecht.» Sie lobte wie eine Lehrerin, die Zensuren austeilt. Er kräuselte zufrieden die dicke Unterlippe unter dem Schnauzbart.

«Woher wissen Sie meinen Namen?» fragte sie, plötzlich energisch werdend.

«Von Aldo. Aldo weiß alles.»

Sie erwiderte sein Lachen nicht. Den Schatten über dem Herd fixierend, dachte sie nach.

«Bitte, entschuldigen Sie mich», sagte sie nach dieser Pause, «ich muß das Kind zu Bett bringen.»

Sie erhob sich, auch er stand vom Tisch auf.

Einen Moment blieb er noch, mit einem gequälten Ausdruck in den Augen, zögernd auf der Schwelle; seine Gestalt, im Zwielicht stehend, füllte die Küchentür aus. Seine Unterlippe zog sich zusammen, als bereite er sich zum Sprechen vor.

«Gute Nacht!» Sie schob, während sie ihn sanft hinausdrängte, hinter ihm die Türe zu.

*

«Wo lebst du eigentlich?» hatte Curt gefragt. «In einem Wolkenkuckucksheim?»

«Ich gebe dir so und so viele Informationen,

aber du kannst eine Stunde später ruhig dasselbe fragen. Hörst du eigentlich zu?»

Leben – nur zum Teil da, wo die Füße auf dem Bouclé-Teppich der Eigentumswohnung kreisend an Ort treten, die Schlingen einstampfen, ihn dünner und schäbiger machen, kartondünn in der Umgebung der Zimmerschwellen, während die Hände mechanisch ordnen, saubermachen, den Tisch decken, Betten beziehen.

Leben – auch anderswo, in einer zweiten, nicht näher bestimmbaren Wirklichkeit, die einen Filter legt über die erste. Sich aus der ersten allmählich entfernen.

Die Sinne, diese Fenster für einströmende Wirklichkeit, langsam abstumpfen.

Die Fenster zu Schlitzen verengen wie ein Haus, das grelles Licht nicht mehr erträgt.

Aufhören, die Dinge klar ins Auge zu fassen, aus Angst, man gerate in ihren Sog.

Sich in die innersten Windungen zurückziehen, während Wortsand auf das Gehäuse rieselt: «Laßdiesmachnichtkommschnellpaßauf...»

«Hörst du eigentlich zu?»

«Ja, ja.»

Als sie 10 Jahre alt war, hatte sie ihr Vater in das Haus eines Fabrikanten mitgenommen, der ein Indoorbad einrichten wollte. Während Vater mit dem Hausherrn im Nebenraum verhandelte, sah sie mit Verwunderung, daß die Wände des Wohnzimmers Spiegel waren, die den Raum und die darin enthaltenen Gegenstände in unabsehbare Tiefen fortsetzten. Unter den Spiegeln gab es solche, die künstlich blind gemacht worden waren mit geballten Trübungen. «Cloudy» nennt man das, hatte der Vater nachher gesagt. Hildegard überlegte, daß die Leute, die dieses Zimmer bewohnten, nicht wüßten, ob der Raum jenseits oder diesseits der Wolken wirklich existierte, und daß sie, in Doppelräumen lebend, in einer zwiespältigen Beziehung standen zur Wirklichkeit.

In der Nacht war sie wach geworden in der Meinung, sie habe das Kind weinen gehört.

Sich aufsetzend, lauschte sie seinen Atemzügen. Trotzdem gelang es ihr nicht, Angst und Unruhe, Schlingpflanzen aus trüben Traumgewässern, von ihrem Haar, ihren Gliedern und Sinnen abzulösen. Das langärmelige Nachthemd, das in andern Nächten vor Kälte geschützt hatte, klebte zwischen den Brüsten, die Beine waren bleischwer und heiß.

Sie schlug die Decke zurück, trat ans Fenster. Der Himmel war hell, beinahe ohne Gewölk. Die Wolkengeschwader, die am Abend noch Regen verheißen hatten, mußten von einem Gegenwind vertrieben worden sein; der Mond stand rötlich über der Einbuchtung des Capanne.

Tief einatmend, stellte sie sich den Nachtgeräuschen der Macchia. Von Anfang an hatten sie diese Geräusche beunruhigt, das Schmatzen, Seufzen, Wimmern in Halmnestern, in den Schattentrichtern der Büsche. Dieses wahnwitzige Schaben und Wetzen der Grillen, als wollten sie Feuer legen. Und dann, aus der Fossa, das seltene, schrill aufsteigende und dann heiser aushauchende Geschrei hinter Röhricht, das dem Schreien kleiner Kinder glich. Liebestolle Katzen, dachte sie. Diese hageren, ernsten Tiere in quälender Brunst; wie sie einander nachjagen über Rebmauern, durch kratzendes Brombeergestrüpp. Unter diesem Kürbismond, der jeden Augenblick zu platzen droht, seinen Sternsamen ausschüttet auf das Meer, das sich dort unten, am Hindernis der Insel Corvella vorbei, in gleißende Stränge teilt.

Die Luft kam ihr zum ersten Mal wieder wie in jenem fernen Inselsommer vor, hauchwarm, erfüllt von scharfem Mastixgeruch, lebendig vibrierend, als fächelten Hände oder Flügel über Wangen und Nacken hinweg.

Nach einiger Zeit erst achtete sie auf das schabende Knirschen sich bewegender Schuhsohlen auf Kies. Oben auf dem Weg, halb verdeckt von der Krone der Krüppelpinie, die Umrisse eines Mannes. Rocco. Vermutlich stand er schon eine Weile da, ein stiller Beobachter hinter dem Gitter der Zweige, dem der Mut fehlte, sich bemerkbar zu machen. Jetzt merkte er, daß er entdeckt worden war. Wohl aus Angst, als Voyeur zu gelten, machte er zwei Schritte hangwärts, aus dem Baumschatten heraus.

«Ildega-a-a! Ich kann nicht schlafen im Rohbau! Hören Sie das Geschrei der Ratten?»

Er hatte es mit gedämpfter Stimme gerufen, mehr geflüstert mit eigenartig gedehnten, in die Länge gezogenen Vokalen, die beschwörend in der Schwebe hängenblieben; auch die Landarbeiter in den Weinbergen, hatte sie bemerkt, beherrschten diese Technik, über Distanz etwas mitzuteilen ohne zu schreien.

Sie blieb stumm, schaute von ihm weg über die terrassenförmig zum Meer absteigenden Hänge: Millionen Lamellen, die sich ein- und ausatmend, öffneten, schlossen; das Geflimmer pelzhaariger Macchiablätter.

In den Tiefen des Weinbergs schossen blitzende Entladungen hin und her, als hätte Aldo mit seinen blauen Blicken einen Stolperdraht ausgelegt; Katzenaugen, dachte sie, oder vielleicht diese phosphoreszierenden Leuchtkäfer; aber die hatten, wie sie von Helana wußte, ihre Flugzeit im Mai.

«Ildega-a-a! Vi-e-e-n-i al m-a-a-re!»

Langgezogen klagend drang es über die Böschung.

Noch immer stand er neben der Pinie, hielt in demütiger Geste seine Mütze in der Hand, ein dunkles Rad, das seine Hände langsam zu drehen begannen, als gälte es, Kurs auf ein schwindendes Ufer zu nehmen.

Keine ihrer Bewegungen konnte ihm entgehen, sie stand im Mondlicht.

Langsam schüttelte sie den Kopf.

Ihre absichtslose Freundlichkeit, das Glas Wein hatten ihn zu Kühnheiten ermuntert, Glut angefacht; wenn sie jetzt nicht Zähne zeigte, würde er wiederkommen, Nacht für Nacht. Sie mußte von den jungen Frauen oben in den Dorfgassen lernen: die gingen mit durchgedrücktem Rückgrat, nicht rechts noch links schauend, an balzenden Burschen vorbei.

«Gehen Sie fort!» Es tönte laut und zornig. «Ich will nichts von Ihnen wissen, hören Sie?»

Knacken im Pinienholz. Im Garten des Doktors schlugen die Hunde an.

Sie trat vom Fenster weg zum Kind, das sich im Halbschlaf herumwälzte und wimmerte, mit flachen Händen grub sie es aus seinen Decken, nahm es hinüber in ihr Bett.

Sie mußte sofort eingeschlafen sein.

Im Traum sah sie sich auf Roccos Zementsäcken liegen. Nicht Rocco, Aldo kam, seine eisblauen Blicke schlitzten ihr den Rücken auf.

Am Morgen bemerkte sie erstaunt, daß das Kissen unter ihren Wangen naßgeweint war.

Vom Schmerz, der auf der Mitte der Brust lokalisierbar war und sie allmorgendlich, dem Druck einer eisernen Klammer vergleichbar, lähmte, spürte sie an diesem Tag nichts.

*

Mit Lucca hatte sie sich am Sonntag gegen Mittag verabredet, er sollte herunterkommen zum Essen. Aber gegen 10 Uhr, sie war noch nicht angezogen, sah sie ihn schon vor dem Haus; er band mit Bastschnüren die Zweige der Bougainvillea hoch. Das Kind, das in der Küche seinen Kakao getrunken hatte, lief ihm entgegen.

Er fing es auf. Indem er es herumwirbelte, schnellten von den tief hängenden Zweigen des Mandelbaums Tropfen, netzten ihre Wangen und Hälse. Sie sah die scharfen Milchzähne des Kindes blitzen.

In der Küche fand sie in einem Plastikkanister frisches Trinkwasser vor, zwei Eier, ein Büschel Basilikum aus Luccas Balkongarten. Auch Fische, fingerlange Sardinen, die Lucca gegen Mittag im Winkel der Mauer, die den Weg zu Roccos Haus abstützte, auf einem Rost briet. Der Kleine hatte zugeschaut, wie Lucca die Fische, garniert mit Knoblauchspänen und Rosmarinbüscheln, in den klappenartigen Rost steckte und in der schwelenden

Hitze des Pinienzapfenfeuers garte. Dem Kleinen schmeckten die bitteren, samt Mageninhalt gebratenen Sardinen nicht. Sobald die Erwachsenen durch ihre Gespräche abgelenkt waren, glitt er vom Stuhl, fütterte mit Brotkrumen Ameisen auf den rötlichen Feldern des Terrassenbodens.

In den Vertiefungen der ausgetretenen Tonfliesen verdampfte letzte Feuchtigkeit.

Als sie Lucca Wein eingoß, sagte sie: «Entschuldigung, die Flasche ist angebrochen, Rocco hat gestern ein Glas davon getrunken.»

Lucca legte die Gabel aus der Hand, blickte betroffen zu der Bougainvillea hinüber, wo vereinzelte Blüten noch einmal aufflammten im Licht des heiteren Novembertags. Seine Eifersucht belustigte sie. Mit Mühe unterdrückte sie ein Lächeln.

Am Nachmittag, als sie das Kind schlafen gelegt hatte, fragte er unvermittelt:

«Hat Rocco gesagt, daß er wiederkommt?»

«Nein, warum?»

«Nur so.»

Er schien befriedigt zu sein, gewann seine Heiterkeit zurück.

«Schauen Sie, was ich mitgebracht habe!» Er öffnete die Tasche. «Eine Windel für den Jungen, die Sie nicht zu waschen brauchen.»

Er zog eine dicke Stoffbinde heraus, hob die oberste Mullschicht ab. «Eine Plastiklage ist darunter, aus alten Plastiktaschen geschnitten. Man bekommt sie beim Einkaufen in der PROLETARIA und anderswo. Darunter ein Stück Schaumgummi und nochmals ein Stoffstreifen. Ich habe eine ganze Schachtel voll Stoffstreifen, Abfälle von Hemdenstoff, Federico kennt einen, der hat eine Hemdenfabrik.»

Er klappte die Schichten wie ein Sandwich aufeinander, überreichte es ihr. Er könne ihr, wenn das Modell tauge, eine Menge davon machen.

Sie wollte abwehren, aber er sagte schnell: «Sie sehen ja, es kostet mich nichts.»

*

Das Wetter blieb tagelang trocken.

Die ersten Dezembertage, mit der dünnwandigen, blassen Heiterkeit von Seifenblasen, hingen in der Schwebe zwischen Himmel und Meer.

Am Horizont stieg Korsika, im Sommer unsichtbar, als Wolkenwand auf; das Dreieck der Insel Monte Christo hing in der Ferne wie das Segel eines Spukschiffs.

Bei diesem Wetter ging sie erst gegen Abend zu Lucca hinauf, mittags konnte sie mit dem Kind auf der Terrasse essen. Sie assen Spaghetti. Die Sauce hatte sie aus den eierförmigen fleischigen Tomaten gemacht, die es immer noch frisch beim Gemüsehändler gab. Das Kind schlang seine Leibspeise kleingeschnitten auf dem Löffel in sich hinein, Hildegard wickelte die Teigschnüre um die Gabel. Über die Teller hinweg blickten sie einander an, lachten los; ihre Münder waren rot, zwei tolle Clowns.

Als das Kind satt war, versuchte es, auf dem Terrassenboden mit dem Finger einen Ameisenzug zu stauen. Sie blieb am Tisch sitzen, goß ein zweites Glas Wein ein. Wohlige Völle war in ihr, der Rücken nahm die Wärme der Hausmauer auf. Zugenommen habe ich, stellte sie leicht belustigt fest, die frische Luft, der regelmäßige Ablauf der Tage machen es aus.

Auf dem Plastikdach der Terrasse spielten zwei Eidechsen Verfolgungsjagd, von unten herauf konnte man ihre schmalen Schatten sehen; die Körper, durch dürres Mandellaub gleitend, verursachten ein Geräusch wie das Reißen von Seidenpapier.

«Du trinkst unkontrolliert.»

Curts Augen rücken näher, erscheinen über dem Rand des Weinglases. Unwillen zuckt über den Brauenbögen.

«Meinst du?» Sie lacht.

Woher seine Besorgnis? Es fehlt noch, daß er auf ihre italienische Verwandtschaft anspielt, auf Helena, die in Montecattini auf ihn gewirkt haben muß wie eine Säuferin, weil sie im Lauf der zwei Tage einige Aperitifs, Weine, Kullerpfirsiche und schließlich ‹Stierblut› angeboten hat, das sie aus Rot- und Weißwein mischt. Phantasiereiche Variationen der Gastfreundschaft, auf die sich Helena versteht, zumal sie natürlich gern eins über den Durst trinkt.

Mit Curt im neueröffneten Red Submarine, das man in der Presse für seine Balkanküche lobt. Curt ist zwar kein Feinschmecker, eher ein Viel- und Allesesser, wenn er nicht gerade von Arbeitswut geritten wird, die alle Triebwünsche in ihm abtötet. (Curt, ein Holzfäller, der mühelos sieben oder zehn Stunden ohne Nahrung durchhält, versessen arbeitet, daß die Späne fliegen. Curt, der auf Geschäftsreisen mit seiner Zeit geizt, mittags im Supermarkt einen Fleischsalat kauft, den er im Auto, die Zeitung in der linken Hand, ißt...)

Curt und sie im Red Submarine, von illuminierten und fluoreszierenden Meertieren umgeben, von Baby-Haien in Schaukästen und ausgewachsenen Haien in Waschpulverweiß, die von Tisch zu Tisch gleiten, Wünsche notieren. Das Cheminée beim Eingang ist nur eine Attrappe, das Feuer mit dem bengalisch roten Schein im Kaminloch unecht.

«Eine Nobelherberge», sagt Curt.

Er greift jetzt selbst zum Wein, prostet ihr zu, «auch dank dir», sagt er, denn sie feiern seine Beförderung im Betrieb. Sie lächelt. Der Wein hat sie erwärmt. Sie ist bei Laune. Seit einigen Tagen geht es ihr gut, deshalb die Lust auf Wein. Trauer und Lust sind Gegensätze, schließen einander aus, wie auch Curts Arbeitswut die Lust ausschließt. Im Zustand der Trauer widern sie Speise und Trank an, ein Stück Brot, ein Glas Wein machen ihr Brechreiz. Trauer verneint das Leben, hindert den Trauernden, Sinnloses zu nähren. Sie weiß: Andere suchen Trost beim Wein, sie selber könnte es nicht.

«Schmecken deine Cevapcici?»

Sie nickt.

Curts Kopf, angestrahlt vom Schein des falschen Kaminfeuers. Von seinem tschechischen Großvater, einem Kaufmann aus Brünn, habe er diesen wuchtigen Kopf geerbt, behauptet die Schwiegermutter. Ein Charakterkopf.

Diese breite, knochige, vielflächige Stirn. Die Flächen kantig voneinander abgesetzt. Die großporige Haut, die leicht zum Glänzen neigt. Die Augen schauen unter dem Gewölbe der vorspringenden Brauenknochen hervor wie aus einem Hinterhalt. Kleine Augen, von Falten umstellt. In seinem Blick liegt immer etwas Gespanntes. Scharfe Augen, denen nichts entgeht. Diamantaugen. Sein Blick kann Fensterscheiben schneiden.

Die Wangenpartie ist straff; die schwächliche obere Lippe stützt sich auf die markanter ausgebildete untere. Jeder Muskel in seinem Gesicht steht unter Kontrolle.

Curt ist beherrscht. Oft zeigt er eine Schweigsamkeit, die straft und demütigt. Mit seiner Ruhe setzt er Unruhige ins Unrecht.

Schwächliche fühlen sich geborgen in seinem Windschatten; er boxt sich gelegentlich auch für andere durch.

«Ein männlicher Typ», hat Hildes Mutter

vor Jahren festgestellt. «Mit einem solchen Mann kann eine Frau Staat machen.»

Hilde hatte darauf gefragt, was das hieße: Staat machen. Die Mutter dachte nach. Sie wußte es nicht genau. Kannte den Ausdruck auch nur vom Hörensagen.

Von ihrem Platz aus kann sie ins Entrée sehen, wo Damen Hüte und Pelze ablegen im Schein des falschen Kamins. Sie wird aufmerksam auf den Disput zwischen einem jüngeren Mann und dem Kellner.

Der Kellner erklärt, alle Tische seien besetzt. Der Mann zeigt auf einen leeren Tisch. Der Kellner zuckt die Achseln. Der junge Mann beginnt zu schimpfen. Er steckt in einer Art Hirtenkittel, unter dem wirr abstehenden Haar trägt er ein Stirnband.

«Wehntaler!» Hilde zieht Curt am Ärmel.

Curt dreht sich um. Erkennt Wehntaler, zwei Jahre in der FERRAG, Werbeabteilung, vor einem Monat aus freien Stücken weggegangen, versucht sich als Werbefotograf.

«Man läßt ihn nicht ein! Tu etwas!»

Ein Wink von Curt, und der Kellner hätte nachgegeben, Curt übt auch auf Unbekannte Autorität aus, vermutlich liegt es an seiner Schrankgestalt, dem zwingenden Blick.

Curt, der an einem zweiten Fleischspieß nagt, deutet an, daß er heute, an ihrem gemeinsamen Abend, nicht gestört werden will. «Dieser Wehntaler», sagt er nachher, «ein verspäteter Bürgerschreck. Garantiert über dreißig und spielt noch den Pubertären. Die Djangowelle ist längst vorbei.»

Sie empört sich, hat Lust, aufzustehen und hinter Wehntaler hinauszugehen; natürlich kommt es nicht dazu, woher hätte sie die Kraft gehabt nach all den schlaffen Jahren.

«Stur bist du. Du hast mir den Abend verpatzt.»

«Wenn du das sagen kannst, bist du auch stur.»

Curt, den Überlegenen, kann ein solcher Zwischenfall nicht erschüttern. Er hat nicht vor, seine gute Laune zu verlieren. In der Absicht, sie abzulenken, erzählt er Anekdoten aus dem Betrieb.

Sie hört nicht zu. Will zum Nachtisch auch nicht Baclava essen.

«Bist du ein bißchen kindisch?» fragt er schließlich.

Schrumpfen.

Seinen Willen zurückbilden.

Sich höchstens noch einigeln in Trotz, diesen infantilen Restbestand des freien Willens.

Aufgeben, auf eigenen Füßen zu stehen. Bequem im Windschatten eines andern leben. Schutz, Nahrung, Sicherheit auf dem Rücken eines andern.

Vogel und Dickhäuter.

Unter verschiedenen Möglichkeiten die eine: Der Vogel stößt eines Tages ab. Seine Flügel, wer hätte das gedacht, tragen ihn noch. Aufsteigen, höher und höher, mit pfeifendem Gelächter feststellen, wie der Koloß da unten kleiner wird...

Abstoßen ist vielleicht nicht einmal ein Anfang, dachte sie später. Es ist mit einiger Sicherheit anzunehmen, daß sich der Vogel, müde und hungrig geworden, auf einen andern Dickhäuter setzt.

Das Kind hatte zu ihren Füßen einem Ameisenzug Hindernisse in den Weg gelegt, erst seinen Finger, dann kleine Zweige, Steine; nun hatte es das Spiel satt. Es zog an ihren Beinen, fing an zu quengeln. Sie trug es ins abgedunkelte Zimmer zum Mittagsschlaf. Darauf setzte sie sich noch eine Weile an die Sonne, blickte übers Meer, dessen hellere Flächen mit dunkleren Strömungen wechselten. Die helleren wie Eisscheiben, Schollen, abgetrieben von einem nördlichen Meer, wo jetzt, anfangs Dezember, Schnee fiel...

Noch immer konnte man Schwärme von Zugvögeln beobachten. Sie flogen voll Unrast von Norden und Nordosten nach Süden und Südosten. Manchmal flogen sie in langen

Fronten, dann wieder in geordneten Keilformationen und Staffeln. Ihre Schatten über den Weinbergen gaben vor, selbständige Wesen zu sein, die ihren Kurs, ihre Ziele kennen.

Nachts schienen die Schwärme tiefer zu fliegen. Die Fluggeräusche waren eindringlicher zu hören, aber vielleicht hörte man hier, wo kein Autolärm war, nachts alles besser. Manchmal schien ein Zug dicht über das Dach hinwegzufliegen: Ein Strom von schwirrenden Körpern, vielstimmiges, verhaltenes Gezwitscher, dann und wann durchbrochen von einem heiseren Schrei.

Nachts wachliegen mit Wunschgedanken.

Mit offenen Augen Situationen durchgehen, die noch nie durchschritten worden sind.

Zum Beispiel: Curt, das Gesicht in die Handflächen gepreßt, mit aufgestützten Ellbogen am Tisch. Sie kommt aus einem Nebenraum, sagt etwas, Curt antwortet nicht. Auf dem Tisch ein Telegramm: Curts Vater tot. Blitzschlag aus heiterem Himmel, der Vater galt bis anhin als gesund, niemand hat an so etwas gedacht. Sie beugt sich hinunter, legt ihren Arm um seinen Hals. Curt brütet weiter vor sich hin. Der Glanz ist weg aus seiner Stirn. Die Wangen hängen schlaff; er benagt seine Unterlippe. Die wuchtige Kinnlade zuckt. Er wirkt um zehn Jahre älter, und doch kann sie sich plötzlich vorstellen, wie er als Kind ausgesehen hat: Ein ziemlich unförmiger Junge, mit tapsigen Bewegungen, ängstlich sich absichernden Augen.

«Curt, faß dich, Curt.»

Curt noch einmal in gleicher Haltung am Tisch.

«Was hast du?»

Er antwortet nicht.

Sie beugt sich nieder, legt ihren Arm um seinen Hals. Allmählich beginnt er zu sprechen. Im Betrieb ist ein Unfall passiert, der auf Nachlässigkeit zurückzuführen ist, ihn trifft die Schuld. Sie setzt sich ihm gegenüber, ihre Augen und die seinen endlich auf gleicher

Höhe. Sein Blick ist verschleiert. «Wenn du die Stelle verlierst, wird es weitergehen. Ich kann einen Job annehmen...»

Er nickt ihr, der Partnerin, der Ebenbürtigen, zu.

*

Der Maurer hatte sich nicht blicken lassen, das schöne Wetter milderte ihren Ärger. Lucca hatte den Bescheid bekommen, Angelo habe nochmals in Lacona zu tun, die Arbeit an einem monströsen Hotelbau sei dort nicht in dem Tempo vorangegangen, wie man erwartet habe.

Unter der lichten Glasglocke trocknete das Haus allmählich aus. Von der Küchendecke, die jeden Morgen eine Spur heller aussah, blätterte der Putz; sie mußte den mit Schuppen übersäten Tisch vor dem Frühstück abwischen.

Mit zunehmender Trockenheit wuchsen immer mehr Schimmelfelder aus Winkeln und Kanten heraus; ihr Kampf gegen den Zerfall trat in eine noch aktivere, noch aufreibendere Phase. Die Schwärze, die sich in die Fugen der Wandplatten festbiß, konnte mit einem Messer entfernt werden. Die Platten, jeden Morgen grau überzogen, ließen sich abwaschen.

Wenn sie das Haus nach einem festgefügten Ritual durchlüftet hatte, jedes Fenster abwechslungsweise und übers Kreuz, ging sie mit Messer und Lappen herum, Kanten, Nischen, Feuchtigkeitsränder suchend, wo Verwesungsflor grünte, Pilziges lautlos herauswuchs.

Auf dem Vorplatz lag unter der weißen Dezembersonne das Bettzeug ausgebreitet; das Kind legte Steinchen darauf, Pinienzapfen, leere Schneckenhäuser.

Es machte jetzt manchmal ganz stille und versonnene Spiele. Es konnte auch vorkommen, daß es einfach auf den von der Sonne erwärmten Tonfliesen der Terrasse saß und ins Leere starrte, als wollte es Weitentferntes heranholen.

Täglich, wenn es seinen Mittagsschlaf gemacht hatte, ging die Mutter mit ihm ins Dorf hinauf, es kam ihr vor, nicht nur das Haus, auch das Kind müßte bewegt und durchlüftet werden. Es plapperte auf dem Weg nicht mehr so viel, mischte sich auf dem Dorfplatz nur noch selten unter die Kinder, dafür klammerte es sich mehr an sie, wurde quengliger, schwerfälliger, als falle es in eine frühere Entwicklungsphase zurück.

An Roccos Haus vorbei, das ihr wochentags gespenstisch still, mit leeren Augenlöchern nachstarrte, konnte sie nun ohne verkrustete Stiefel hinaufgehen; in Rinnen und Lehmwannen verdampften die letzten Wasserlachen.

Sie begann, Luccas Wohnung zu putzen.

Sie putzte mit einer Energie, die alle Einwände verstummen ließ, mit einer durch die untätigen Tage aufgestauten Entschlossenheit. Als sie die Küchenfenster reinigte, platzte Luccas Enkelin Teresa herein.

Unter nilgrün geschminkten Augenlidern versprühte sie wütende Blicke.

«Weshalb machen Sie das? Lucca hat Verwandte. Wollen Sie, daß man im Dorf redet?»

Ins Schlafzimmer eindringend, wo sie auf Luccas Bettdecke das Wickelzeug des Kindes sah, ordnete sie vor dem Kippspiegel auf der Kommode ihren roten Haarschopf. Im Dorf wurde gemunkelt, deutsche Touristen wüßten ihre barocke Körperfülle mehr zu schätzen als ihr kahlköpfiger Ehemann, der in einem Laden bei der Kirche mit Onyxvasen handelt.

Mit dem gleichen stillschweigenden Übereinkommen, mit dem sie die Wohnung in Ordnung brachte, kochte Lucca jeden Abend für sie und das Kind; er duldete nur, daß sie Vergessenes im Laden holen ging.

«Lucca ißt lieber die grünen, scharfen Peperoni», sagte dann etwa der Gemüsehändler hinter seinem Stand beim Dorfbrunnen. Oder: «Nehmen Sie den roten Weinessig aus Parma; Lucca sagt, er mache die Salatsauce kräftiger.»

Die Frauen, die hinter ihr warteten, begannen zu tuscheln: «Dabei hat er bis zu Yolandas Tod kein Ei sieden können.» Darauf konnte sie deutlich hören, wie eine andere sagte: «Was will sie eigentlich? Erben? Solches hat man auch schon gehört, daß junge Frauen alte Männer um den Finger wickeln.» – «Ja, ja, er blüht sichtlich auf.»

Der fuchsgesichtige Peppino, der ihr die Tüten über den Ladentisch schob, tat, als hätte er nichts gehört, sagte: «Schönes Wetter, ja?» und hißte schnell ein Lächeln. Die Flaggen auf dem Platz hingegen hißte keiner mehr, die Masten starrten leer in diesen Himmel, der das Perlmuttern-Unverbindliche einer Muschelschale hatte. Nur schwarze Vögel belebten ihn jetzt noch; wie aus einer Hand geworfen, stürzten sie ins Grau, überflogen in Schwärmen die gestaffelten Dächer.

Sich an den Wellenschlag dieser Tage gewöhnend, hielt sie schwimmend bis zum Ufer durch; am Abend war sie müde, ging mit dem Kind und den Hühnern zu Bett.

*

Mit Curt konnte man über gewisse Dinge nicht reden. Manchmal war ihr, als fahre hinter der Siedlung, am Waldrand, ein Zug vorbei.

Ein Beben lief durch die Wände. Die Fensterfronten vibrierten.

«Hast du etwas? Du bist bleich.»

«Spürst du es auch?»

«Was?»

«Dieses Zittern.»

Curt legte die Gabel beiseite, hielt horchend den Kopf schief. Dann streifte sie sein mißtrauischer Blick. Sie biß sich auf die Unterlippe.

Fritz und Ina, 9 und 10 Jahre alt, kicherten.

Von Anfang an hatte sie sich in der Wohnung unsicher gefühlt. Die Glaswände allein machten es nicht aus. Irgend etwas nagte, saugte, fraß an dem Haus.

Vielleicht ging unter der Siedlung eine Wasserader durch; immer wieder konnte man von den Auswirkungen solcher Adern hören.

Man müßte in die Kellerräume hinuntersteigen und graben, Schicht um Schicht bloßlegen, mit System nachsuchen, wo der Sog ist.

Dieses geheime Abbröckeln unter harmlos erscheinender Oberfläche.

Am sonntäglichen Frühstückstisch eine Platzangst erzeugende Vorstellung: An den Türen sind keine Klinken mehr.

Das Haus eine Falle.

Die Falle ist zugeschnappt.

Noch ahnt es niemand, das Frühstück nimmt seinen Gang.

«Bitte das Salz.»

«Noch eine Scheibe Schinken, Hilde.»

«Das Bündnerfleisch ist zu dick geschnitten.»

Dieses feine Vibrieren unter den Fußsohlen. Man könnte an Wühlmäuse, Termiten denken.

«Eier sollten dreieinhalb Minuten kochen, vom Moment an gerechnet, wo man sie ins kochende Wasser legt.»

«Ein bißchen Camembert, bitte.»

«Der letzte war besser im Stadium.»

Sie sitzen in der Falle wie Mäuse am Speck.

Im Brotröster geht der Strom aus. Am Tisch bilden sich Eiszapfen. Januar. «Die Jahreszeiten», hat der Architekt gesagt, «werden, dank der Glasfronten, Wesentliches zu Ihrem Wohngefühl beitragen.»

«Hilde, was hast du? Du bist so bleich.»

*

In der zweiten Dezemberwoche hatte es wieder zu regnen begonnen, ein Schauer erst, als trommelten Fingerspitzen gegen Ölpapier.

Am Morgen erschien in der Ecke über dem Geschirrschrank der Fleck, schwebte, ein dunkler Halbmond, über dem Frühstücksteller des Kindes.

Sie hatte die Drohung verstanden.

Mit Margherita ging sie zu Angelos Haus.

Schon der Umstand, daß wieder die Frau öffnete, machte sie nervös.

«Aber Angelo muß doch jetzt von Lacona zurück sein.»

Die Frau entblößte die überlangen Zähne.

«Ja, schon. Aber er ist weggefahren, zu einem Vetter nach Florenz. Nach der Arbeit in Lacona brauchte er Abwechslung.»

«Aber die Signora», rief Margherita empört, «eine Mutter mit Kind unter einem defekten Dach!»

Der blonde Lockenturm nickte, deutete Verständnis an. «Angelo kommt am Freitag mit dem Fünf-Uhr-Schiff nach Porto Azzurro. Kommen Sie am Abend vorbei, dann können Sie in Ruhe zusammen sprechen.»

«Gut. Am Freitag. Es muß jetzt etwas geschehen. Das Wetter kann endgültig umschlagen.»

«Da sehe ich nicht so schwarz», sagte Angelos Frau.

Margherita hatte sich schon im Dorf erkundigt: Kein anderer Maurer war frei für eine Reparatur. Die Insel hat ihre eigenen Arbeitsbedingungen, kennt keine Flauten wie der Kontinent, kaum sind die Fremden mit den Herbststürmen fort, greifen die Bagger, weder Weinberge noch Pinienwald verschonend, wild um sich; den Herbsthimmel sieht man durch die Betonskelette der Neubauten. Die nächste Saison kommt bestimmt.

Die Decke sog sich voll, rascher als in der ersten Regenperiode.

Feuchtigkeit rann über die Mini-Balustraden des Geschirrschranks, leckte an der Politur des hölzernen Gebirges, sickerte in die Nischen. Sie deckte das Möbel mit einem Stück Wellplastik ab, später verschob sie den Schrank mit Luccas Hilfe.

Auch die anderen Möbel mußten verschoben werden, von dieser in jene Ecke, schließlich in die Enge des Schlafraums, sie aßen jetzt auf ihren Betten, lebten in dem Möbellager wie auf Abruf.

In der Nacht vom Donnerstag auf Freitag, nach einem krachenden Gewitter, vernahm sie neben dem Haus ein ungewöhnliches Rauschen. Sie überwand sich, ging barfuß, mit der Taschenlampe, hinaus.

Durch die Fossa wälzte sich, teils durch Brombeerranken bedeckt, teils offen, ein schmutziger Strom. Im Schein der Lampe nahm sie wahr, daß das Wasser unterhalb des Hauses aus dem Graben heraustrat, bräunliche Fluten suchten sich einen Weg der Terrasse entlang, leckten am bröckeligen Mauersockel.

Großer Gott, durchfuhr es sie. Das Wasser unterwühlt die Fundamente. Es hat ein leichtes Spiel mit den von Feuchtigkeit angefressenen Mauern.

Mit geschlossenen Augen im Bett sitzend, hatte sie später die Vorstellung, das Haus schwämme auf den Fluten die Hänge hinunter, treibe mit ihr und dem Kind wie eine Arche auf dem Meer.

Am Morgen stand noch alles am Fleck, aber die nächtliche Erscheinung war kein Spuk gewesen, das Wasser schoß zornig gurgelnd unter Brombeerranken durch. Am späten Nachmittag, als sich das Wetter beruhigt hatte, ging sie mit dem Kind hinauf. Sie trug Stiefel und Windjacke, das Oval der Kapuze ließ nur Nase, Augen und Mund frei. Die Macchiasträucher rauchten vor Feuchtigkeit.

Das Kind weigerte sich in letzter Zeit schreiend, am Drahtgitter des Doktorgartens vorbeizugehen, sie mußte es das 50 Meter lange, steile Stück hinauftragen, es durch Streicheln und Zureden beruhigen. Unterhalb des Schulhauses stellte sie es ab und verharrte einen Moment, den Blick rückwärts zum Meer gewandt und in gekrümmter Haltung, als spüre sie noch die Last des Kindes. Ihr Atem trieb kleine Wolken von ihrem Mund weg.

Dunkle Ballungen über dem Meer verhießen immer noch Ungutes. Mit diesem Teufel von Angelo reden, ihn an den Hörnern in die Bucht zerren, dachte sie verbissen.

Im Dorf ging sie zuerst ins Postbüro und füllte, wohl in Gedanken schon beim säumigen Maurer, dreimal das Formular für den Versand eines Weihnachtspaketes falsch aus; das Paket enthielt Panettone für die Kinder. Vermutlich stolperte sie auch über ihre eigene Unschlüssigkeit, dieses Zeichen abzuschicken; sie dachte an den Hunger ihrer Kinder inmitten des weihnachtlichen Flitters, an jenen Hunger, der nicht zuzupappen war mit der schwammigen Süße eines Gebäcks.

Bei Lucca war auch ihr der Hunger vergangen. Verdrossen sah er ihr zu, wie sie den Thunfisch zerstocherte, dabei hatte er sich heute, da seine bescheidene Rente eingetroffen war, diesen Luxus, teuer wie Kalbfleisch, geleistet. Der Fisch kam ihr ausgetrocknet vor, und überall bissen die Zähne auf Rosmarinnadeln, die bitter schmeckten.

Der Kleine, der in letzter Zeit kaum zum Essen zu bringen war, spielte zwischen den Tischbeinen, kauend betrachtete sie sein Gesicht, das ihr blaß und spitz vorkam; auch hatte sein Haar die lockige Widerborstigkeit verloren. Was ist los, das Kind nimmt ab, ich nehme zu, habe ein Gesicht bekommen wie ein Vollmond; seit ich ein junges Mädchen war, sah ich nie mehr so aus. Sie strich ihm durchs Haar, versprach ihm sein Lieblingseis, wenn es noch eine Weile beim Opa spiele, sie müsse kurz weg zum Maurer, der das Dach flickt.

Als sie kurz vor acht aus dem Haus ging, hatte es wieder zu regnen begonnen; Margherita wartete, wie abgemacht, beim Brunnen. Das Becken, ohne Wasser und beleuchtet von roten, von einem deutschen Millionär gestifteten Neonröhren, glich einem Karpfenmaul; fauliges Grün darin vom vormittäglichen Markt.

Bei Angelo regte sich lange nichts, endlich ging neben der Tür ein Fensterflügel auf. Der blonde Haarturm neigte sich vor.

«Angelo?» Hildegard mußte Kopf und Schirm zurückbiegen, Regenwasser lief übers Kinn.

«Angelo ist...» kam es von oben.

«Sie haben es ihm doch gesagt?» unterbrach sie nervös.

«Ja, ja.»

Die Lippen verzogen sich, legten lachsrotes Zahnfleisch bloß, eine Verlegenheitsgeste.

«Er ist Golf spielen gegangen. Mit Filiberto. Am Freitag ziehen sie immer gemeinsam los.»

Ohne Gruß ging sie weg, das steile Kopfsteinpflaster hinauf. Im Rücken Margheritas Stimme, die jetzt unter dem Fenster eine Schimpftirade losließ.

Vor der BAR AMERICANO wartete sie im Regenschatten einer Akazie. Als Margherita endlich kam, sagte sie: «Ich muß dem Kind ein Eis holen, ein Kübelchen Vanille mit Nougatsplittern für 250 Lire, aber ich gehe ungern hinein. Ich habe» – fügte sie zögernd unter Margheritas erstauntem Blick hinzu – «in einer der letzten Nächte geträumt, Aldo schlitze mir den Rücken auf.» Darauf anerbot sich Margherita, das Eis zu holen, sie bringe es zu Lucca, Hildegard dürfe nicht im Regen stehen.

Sie hatte bei Lucca erst die Windjacke abgestreift, als Margherita die Treppe heraufkeuchte. Ihr sonst so klares Gesicht sah verstört aus.

«Um Gottes Willen, was ist?»

«Oh, schrecklich!» Sie ließ sich auf einen Stuhl fallen. «Angelo war in der Bar, bei Aldo an der Theke. Das lasse ich mir nicht bieten von diesem sommersprossigen Kindergesicht!

Den habe ich ja erst noch in Windeln über den Platz laufen sehen! ‹Du Spitzbube›, habe ich gerufen, ‹was sind das für Manieren, du läßt die Signora warten, und das Wasser drückt durch das Dach ins Haus.› ‹Sie soll ein Fußbad nehmen›, hat er gesagt und frech herausgelacht, ‹der Lucca trocknet ihr schon die Füße ab.› Darauf hat der Aldo ihm zugezwinkert. Fuchsteufelswild bin ich weggegangen. Das Eis habe ich natürlich nicht, Signora...»

Sie warf beide Hände in die Luft. Dann machte sie mit der Rechten eine Faust, spreizte den ausgestreckten Daumen und den kleinen Finger, das Zeichen des Gehörnten, das Unglück abwenden soll. «Eis! Ich will Eis haben!» schrie das Kind, aber niemand beachtete es. Lucca, der erst kein Wort herausgebracht hatte, wollte sofort in die Bar runter und ihnen die Kappe waschen; Hildegard brauchte alle Überredungskünste, ihn davon abzubringen. «Hol lieber von deinem guten Grappa», sagte sie, «Margherita und mir ist kalt.»

Trinkend beruhigten sie sich. Das Kind

stieß endlich mit seinen «Eis!»-Rufen auf Gehör. «Morgen, Liebling», tröstete Margherita auf italienisch, «der Aldo hat heute abend kein Eis mehr, alles ist in seinem Kasten geschmolzen.»

«Was hat die Frau gesagt?» fragte das Kind, aber die Mutter sagte nur: «Morgen gibt es wieder Eis.»

Lucca holte ein Biscotto, das Kind sog daran, warf es dann, als es matschig geworden war, unter den Tisch. Sie gab ihm einen Klaps auf die Hand.

Windböen rannten gegen die Fenster an; draußen klatschte der Regen auf den Asphalt. «Es wird eine Sturmnacht geben», meinte Margherita, «so können Sie nicht in die Bucht hinunter.» «Wir warten ab, bis der Regen Pause macht», erwiderte Hildegard, «das Kind kann hier ein bißchen schlafen.»

Als Margherita gegangen war, legte sie dem Kind eine der Patentwindeln um und legte es auf Luccas Bett. Sofort grub es mit dem Kopf eine Kuhle in die Decke. Die Matratze, hatte sie beim Bettmachen letzthin entdeckt, war wannenförmig und nur so dick wie ein Daumen, kein Wunder, daß Lucca nach dem Aufstehen über Rückenweh klagte. Ich will, nahm sie sich vor, in Porto Azzurro nachfragen, wie teuer eine Matratze ist.

Draußen ging ein gewitterähnlicher Regen nieder. Im Schlafzimmer war plötzlich das Licht weg. Das Kind setzte sich auf, begann zu weinen. Lucca holte eine kleine Batterielampe, die er auf dem Markt gekauft hatte – sie täuschte eine Laterne vor und ließ sich mit einem Druckknopf anzünden. Die Pseudo-Laterne, die er bei jeder Gelegenheit lobte, warf von der Kommode herab einen Lichtkegel über das Bett. Um das Kind zu beruhigen, setzten sie sich auf die Kante des zweiten Betts und horchten schweigend auf die Geräusche des Sturms. Im Kippspiegel über der Kommode begegnete sie ihrem Gesicht, eine schwankende, bräunliche Mondscheibe, kaum wiederzuerkennen. Ihre Gedanken erratend, sagte Lucca: «Du siehst blühend aus, viel besser als bei deiner Ankunft; herrje, warst du da mager.» Es belustigte sie, daß Lucca, im Gegensatz zum Modetrend, alles Rundliche schön fand; auf dem Marmorsockel des Nachttischs verehrte er eine taubenäugige Sankt Agnes mit einem verzückten Pausbackengesicht. Auch Helena, hatte er einmal bemerkt, sollte etwas runder sein, überall runder.

Gegen halb elf hörte der Regen auf. Lucca bestand darauf, sie zu begleiten, indem er auf die Vorzüge seiner Batterielaterne anspielte.

Der Lampenschein gaukelte, nachdem sie sich endlich auf den Weg gemacht hatten, verwirrende Schatten hervor; tastend setzte sie, das Kind auf dem Arm, Schritt für Schritt. Lucca, der selbst Mühe hatte, sich auf dem schlüpfrigen Weg zu behaupten, erteilte von hinten Ermahnungen. «Still», flüsterte sie, «sonst werden die Hunde wach.»

Sie gingen jetzt, nur durch das Drahtgitter getrennt, an einer Gruppe Zypressen vorbei. Plötzlich schlug, dicht vor ihrem Fuß, ein Stein auf dem Weg auf. Er war von der Macchia her gekommen. Sie blieb stehen, starrte auf die ziehenden Nebelschwaden über den Büschen. Ein neuer Stein sauste aus dem Dunkeln heran, prallte am Drahtgitter ab.

Es war ihr, als bewegten sich unterhalb der Schule, neben dem Taubenschlag in der Macchia, Schatten.

«Aufhören! Feiglinge!»

Da prasselten Steine in den Ginster, blieben federnd hängen in den Asttrichtern.

«Schnell! Lampe aus!»

Sie drehte den Kopf, faßte mit der freien Hand nach Luccas Hand.

So schnell es ging, schoben sie sich zu dritt die Furche zwischen den Büschen hinunter.

Sie verspürte kein Herzklopfen. Wie durch die Augen eines unbeteiligten Betrachters sah sie ihre Beine zu fahrigen, haspligen Bewegungen ausholen, lehmige Stellen verhalfen den Füßen in den ausgetretenen Schuhen da und dort zu schnellen Talfahrten. Ihr Gesicht, an buschigem Dunkel vorbeigleitend, war eine unbeleuchtete Halbkugel, voller Mondschatten, ohne Profil.

Auch morgens, wenn sie mit dem Druck auf der Brust wachgelegen war, hatte sie sich ihr Gesicht nie vorstellen können; unter der tastenden Handfläche erschien es abgeschliffen, mumienhaft die Löcher für Augen, Nase, Mund. In panikartigem Schreck hatte sie Vorstellung um Vorstellung gejagt: Auf ihrem Rumpf plötzlich ein Männerkopf, Augen, glimmend im Hinterhalt, die Unterlippe herrisch vorspringend.

Curts Gesicht.

Dann geht die Verwandlung weiter wie im Kasperletheater: Ein Kinderkopf jetzt, Kraushaar um die niedere Stirn, der vollippige Mund offen, Neugierde läßt die Zunge zwischen den Zahnlücken ein Spiel treiben.

Ein Jungenkopf später, stumpfer Blick aus wimpernlosen Augen, volle, fast hängende Wangen.

Ein anderer Mädchenkopf: rötlich, der Nasenrücken voller Sommersprossen, Schalk in den Mundwinkeln, hellhäutig das fliehende Kinn, der weiche Hals.

Die Gesichter von Ina, Fritzi und Ulla.

Ich binde sie mir vor wie Masken.

Wo ist mein Gesicht?

Was ist meine Geschichte?

«Wozu brauchst du eine Geschichte? Wir sind deine Geschichte», sagen sie.

«Und du bist unsere.»

Ein Stein jetzt dicht an ihrem Ohr vorbei. Das Sausen setzt sich in ihrem Kopf fort, die Beine versagen den nächsten Schritt, sie läßt Luccas Hand los und preßt mit beiden Armen das Kind, das nichtsahnend schläft.

He, vorwärts. Sie ist jetzt im Begriff, eine eigene Geschichte zu machen; beinahe hätte sie vorhin ein jähes Ende genommen, ihre eigene Geschichte. Das ist eine Feststellung, die nichts mit dem Schreck von vorhin zu tun hat.

Der Weg macht unterhalb des Doktorgartens eine Biegung; man kann jetzt, an Roccos unfertigem Haus vorbei, das Meer sehen, das gegen die Küste von Lacona hin zusehends an Helligkeit gewinnt. Den Verfolgern scheint langsam der Schwung auszugehen. Die Wurfgeschosse lassen den Flüchtenden Vorsprung.

Vor der Haustür tut sich ihre Hand schwer mit dem Schlüssel. Als die Türe knarrend aufgeht, schlägt oben im Doktorgarten einer der Hunde an.

Das Kind hatte von allem nichts gesehen und gehört, in seinem Bett schlief es gleichmäßig weiter.

«Du mußt hier bleiben», sagte sie zu Lucca, «ich lasse dich erst bei Tageslicht hinauf.»

Sie setzten sich, zum ersten Mal, seit sie das Häuschen bewohnte, in Helenas Zimmer. Um das Kind nicht zu stören, unterhielten sie sich gedämpft. Aber mehrmals mußte sie Lucca zur Ruhe mahnen; immer wieder packte ihn ein Zornanfall, seine Stimme schwoll an, er machte eine Faust und schwang drohend den Arm, ging im Zimmer auf und ab. Einmal schrie das Kind auf; sie hörte es «Ina, Fritzi, Ulla» rufen. Als sie ins Nebenzimmer kam, hatte es sich schon beruhigt; zur Wand gedreht, atmete es tief durch den offenen Mund.

Lucca hatte sich auf den Stuhl gesetzt und war am Einnicken. «Leg dich aufs Bett», sagte sie, «ich kann im Sessel schlafen.» Er wehrte ab, der Stuhl passe ihm besser, zudem bleibe er wach, man wisse nicht, was sich solche Kerle noch leisten.

Darauf legte sie sich auf Helenas Bett. Als sie nach einer Weile hinüberschaute, war Lucca im Schein seiner Batterielampe eingeschlafen. Sein Gesicht erschien jetzt augen- und mundlos in der Schwingung der Stuhllehne; die Kinn- und Wangenpartien mit den weißen Stoppeln sahen aus wie überschneit.

Tastend fuhr ihre Handfläche von der Stirn hinunter zu ihrem Nasenrücken, vom Nasenrücken zum Kinn. Brüsk stand sie auf, drüben im Badezimmer malte ihr das schummrige

Lämpchen des Spiegelschranks einen Schattenkringel unter die Nase; sie schaute gebannt auf die Spiegelfläche, die sich von ihren Atemzügen rasch beschlug. Mit der Fingerspitze fuhr sie den Konturen von Augen und Nase nach. Dann trat sie zwei Schritte zurück, am Warmwasserboiler vorbei unter die Tür, und schaute auf die gezeichneten Linien, die immer deutlicher aus dem Beschlagenen herauskamen: ihre Augen, ihre Nase, ihr Mund.

Sie blieb noch eine Weile stehen, dann ging sie zu Helenas Bett zurück.

Lucca schlief. Sein Kopf lag seitlich abgedreht auf der Stuhllehne; wo sein Mund gewesen war, klaffte eine Spalte, der sich keuchend Atem entrang. Sein Atem, aber auch der ihre und jener des Kindes, schlug sich an den Wänden nieder, bildete Tropfen, Rinnsale, tränkte den Schimmel, förderte den Zerfall. Das Haus, eine Gruft. Aber trotzdem, fuhr es ihr durch den Kopf, atmen wir, leben wir; lebendige Weizenkörner, wie man sie den

Mumien ins Grab mitgegeben hat, Keimlinge, fähig, die tödliche Abkapselung zu durchstoßen.

*

Am Morgen, als sie Lucca Kaffee brachte, sagte sie: «Mach dir keine Sorgen, alles wird sich geben. Ich habe es mir letzte Nacht überlegt, ich fahre mit dem Kind heute nach Hause. Ich habe es mir wirklich reiflich überlegt, obwohl ich auch im Dorf eine Wohnung mieten könnte, will ich gehen. Das Kind vermißt seine Familie, und auch für die übrigen Kinder wird es beruhigend sein, wenn ich an Weihnachten zu Hause bin. Ich dachte, auch wenn es für dich überstürzt kommt...»

«Ich verstehe», sagte er, «du willst zu deinen Kindern.»

Sie nickte, beugte sich über die abgekauten Kuppen ihrer Fingernägel.

«Aber bist du nicht zu müde für eine solche Reise?» warf er ein. «Du hast kaum geschlafen?»

«Ich bin hellwach», sagte sie und wiederholte es noch einmal leise, ihren Worten nachhorchend: «Ich bin hellwach.»

Sie verharrten eine Weile schweigend, bis das Kind, nur mit einem Hemd bekleidet, eine nasse Windel in der Hand, unter der Türe stand.

Später, während sie die Koffer packte, machte Lucca mit dem Kind auf der Terrasse eine Straße aus Pinienzapfen. Gegen Mittag gingen sie zu dritt den Weg hinauf ins Dorf. Wie immer blieb sie unterhalb der Schulhauskuppe stehen, Kind und Rucksack stellte sie ab.

Die Sonne, verquollen zwischen Wolkenbändern, glich einer gelblichen Riesenqualle über dem immer noch erregten, mit Schaumkronen durchsetzten Meer. Eine unruhige Überfahrt wahrscheinlich, besser auf dem Kursschiff als in diesem Schüttelbecher von Flügelboot. Ihre Augen machten eine taumelnde Talfahrt über die terrassenförmig hinfließenden Hänge bis zu den Klippen mit den achtlos zerstreuten Würfeln der Ferienhäuser.

«Leucht-Turm!» rief das Kind.

«Nur nachts kann man Leuchttürme sehen», erklärte sie, «heute abend, wenn wir zu Ina, Fritzi und Ulla nach Hause fahren, kannst du vielleicht welche sehen.»

«Ina, Fritzi, Ulla!» rief das Kind; in seiner Stimme lag Triumph über eine wiedergefundene Formel.

In der Nähe des Taubenschlags, wo sich gestern die Schatten bewegt hatten, war eine Ziege angepflockt; sie betrachtete das Kind, das neugierig herantrat, aus engen Augenspalten.

Zur Siestazeit warteten sie vor der BAR AMERICANO auf den Bus. Die Häuser im Hintergrund wirkten verschlafen, aber der Platz war hungrig nach Regen und Menschen. Kein Mensch zeigte sich, nur Aldo stand unter der Bartür und legte mit seinen Blicken blauen Stolperdraht aus. Als er Lucca, die Frau, das Kind und das Reisegepäck entdeckte, zog er sich augenblicklich in seine Höhle zurück, um den paar schlafmützigen Leuten, die um diese

Zeit für einen Espresso bei ihm herumlungerten, das Ereignis mitzuteilen.

Jetzt zwängte sich der Bus röchelnd durch die Enge zwischen Bäckerei und Schreibwarengeschäft und bremste auf dem Platz.

Lucca ließ sie mit dem Kind einsteigen, reichte Rucksack und Reisetasche hinauf.

Aus dem Busfenster sah sie zur Bar hinüber: Augengezwinker hinter schmutziger Scheibe. Das Türloch gähnte; aus dem Hintergrund, wo die Eistruhe blinkte, blubberten Wurlitzerblasen: «Im Sommer – da spürte ich auf meiner Motto Guzzi – und jetzt nichts als Wind – –» «Sie setzen ihre Münze immer auf die gleiche Platte; es dreht sich ewig um dasselbe», dachte sie.

«Opa!» rief das Kind und trommelte an die Scheibe. Sie riß das Fenster weiter auf und beugte sich hinaus, aber der Platz zwischen den Baumstämmen, wo Lucca eben noch gestanden hatte, war leer. Die Stämme waren rosa gefleckt, als zeigten sie wundes Fleisch.

Der Bus fuhr am Friedhof vorbei in weiten

Schlingen der Ebene zu. Bei der Kapelle Madonnina blickte sie zurück: Das Dorf, undurchdringlich mit seinem Häuserwall, die Häuser wie auf Stelzen, mit ihren Mauerschlitzen, kleinen angehängten Balkonen, die wie Gondeln aufzusteigen schienen, immer höher, in schwebendes Blau.

Margaret Forster im Arche Verlag

Ich glaube, ich fahre in die Highlands
Roman
Aus dem Englischen von Sylvia Höfer
392 Seiten. Gebunden

Christabel
Roman
Aus dem Englischen von Dietlind Kaiser
386 Seiten. Gebunden
Ein kluger und fesselnd geschriebener Roman um Mutterrolle und Adoption.

Die Dienerin
Roman
Aus dem Englischen von Dietlind Kaiser
ca. 670 Seiten. Gebunden
Die Geschichte der Dienerin der Dichterin Elizabeth Barrett Browning: ein großer, bewegender Frauenroman.

ARCHE

Marlen Haushofer im dtv

Foto: Peter J. Kahrl, Etscheid

Begegnung mit dem Fremden

Siebenundzwanzig zwischen 1947 und 1958 entstandene Erzählungen. dtv 11205

Die Frau mit den interessanten Träumen

Zwanzig Kurzgeschichten aus dem Frühwerk der großen österreichischen Erzählerin. dtv 11206

Bartls Abenteuer

Kaum stubenrein, wird der kleine Kater Bartl von der Mutter getrennt und muß sich in seinem neuen Zuhause einrichten. Zögernd beginnt er die Welt zu erkunden, besteht Abenteuer und Gefahren, erleidet Niederlagen und feiert Triumphe, wird der Held der Katzenwelt und in der Familie die »Hauptperson«.
dtv 11235 / dtv großdruck 25054

Wir töten Stella
und andere Erzählungen

»Marlen Haushofer schreibt über die abgeschatteten Seiten unseres Ichs, aber sie tut es ohne Anklage, Schadenfreude und Moralisierung.« (Hessische Allgemeine) dtv 11293

Schreckliche Treue. Erzählungen

»... Sie beschreibt nicht nur Frauenschicksale im Sinne des heutigen Feminismus, sie nimmt sich auch der oft übersehenen Emanzipation der Männer an ...« (Geno Hartlaub) dtv 11294

Die Tapetentür

Eine berufstätige junge Frau lebt allein in der Großstadt. Die Distanz zur Umwelt wächst, begleitet von einem Gefühl der Leere und Verlorenheit. Als sie sich verliebt, scheint die Flucht in ein »normales« Leben gelingen ... dtv 11361

Eine Handvoll Leben

Eine Frau kehrt unerkannt in das Haus ihrer Familie zurück, das sie vor vielen Jahren verließ, um eine gar nicht so unglückliche Ehe und eine leidenschaftliche Affäre aufzugeben. Marlen Haushofer glaubt nicht an die Idylle. dtv 11474

Die Wand

Eines Morgens wacht eine Frau in einer Hütte in den Bergen auf und findet sich, allein mit ein paar Tieren, in einem Stück Natur eingeschlossen von einer unüberwindbaren gläsernen Wand, hinter der offenbar keine Menschheit mehr existiert. dtv 11607

Keto von Waberer im dtv

Foto: Isolde Ohlbaum

Blaue Wasser für eine Schlacht

Ein einfühlsamer psychologischer Roman über die »Liebeslebensgeschichte dreier Frauen – eine weibliche Familiensaga über drei Generationen« (Süddeutsche Zeitung). Eine ›Schule des Gefühls‹ und »ein Buch über das Lieben, so klug und so schön wie lange keines, einfühlsam und mit treffender Ironie beschrieben«. (Die Zeit) dtv 11090

Der Schattenfreund
Liebesgeschichten

Daß Gertrud sich einen Kurschatten zulegt, hat weniger mit purer Liebe zu tun als mit der Tatsache, daß Albrecht, ihr Mann, allnächtlich neben ihr liegt, als sei er ins Koma gesunken. Bei Frau Reinsbeck hingegen geht es im wahrsten Sinne des Wortes mit dem Teufel zu, daß sie plötzlich so höllisch gut ankommt beim anderen Geschlecht. dtv 11326

Die heimliche Wut der Pflanzen
Erzählungen

Eine junge Frau erholt sich nur mühsam von den Folgen ihrer gescheiterten Ehe. In der Großstadt isoliert, verdient sie ihren Lebensunterhalt mehr oder weniger gelangweilt als Angestellte einer Galerie. Da verliebt sie sich eines schönen Tages in einen Besucher ... dtv 11405

Der Mann aus dem See

Was macht eine Frau, wenn der Ehemann auszieht und der Liebhaber daraufhin »kneift«? Sie flüchtet zur besten Freundin. Was aber, wenn es sie dann magisch ins Bett von deren Freund zieht? – Daß die Macht der Erotik das Leben häufig nicht gerade vereinfacht, ist nur *eine* Erfahrung, die Keto von Waberer in diesen poetischen und doch schonungslos ehrlichen Erzählungen beschreibt.
dtv 11564 (August 1992)